Sonya
ソーニャ文庫

狂鬼《きょうき》の愛《いと》し子

宇奈月香

JN167955

イースト・プレス

contents

序章

轟々《ごうごう》と大河《たいが》が唸《うな》りを上げていた。

大粒の雨が大地を叩きつけている。

すべてが生成《きな》り色に見えるのは、土砂降りの雨のせいなのか。

ベリベリ…と木が濁流《だくりゅう》に押し流される様は、大口を開けて大地を呑み込まんとする巨大な蛇《へび》のようだ。

川べりから少し森へと奥まった場所には、神へ捧げる供物《くもつ》が並べられていた。果物に米、膳から頭と尾《お》がはみ出した大きな魚、そしてひとりの少女だ。

少女は白装束《しろしょうぞく》を纏《まと》い、結わえていない長い黒髪を垂《た》らし俯《うつむ》いていた。前髪から滴《したた》る雨粒が絶えることなく頬を伝い落ちている。それは少女が流す涙のようにも見えた。四肢《しし》を縄で拘束された姿で微動だにせず、体を雨に打たれながら、静かに〝その時〟を待っていた。

少女の前には権力者の証《あかし》ともいえる艶やかな着物を纏った男達の中で、ひとり異彩《いさい》を放つ女がいた。悠然《ゆうぜん》と佇《たたず》む女の容貌《ようぼう》は少女と見紛《みまが》うほどあどけない。巫女《みこ》衣装を纏ったその身は男達の腰ほどまでしかないが、醸《かも》す存在感は圧倒的だった。崇高《すうこう》さと神々しさを併《あわ》せ持つ女の気配に当てられた参列者がまた一人、その場で失神した。雨の粒すら女を避《さ》けていた。

ひどい天気に、儀式《ぎしき》を執り行う術者達の声が、発する傍から雨音にかき消されていく。少女のすぐ近くに人の手で掘られた穴があった。四肢を曲げれば人がひとり入るくらいの大きさだ。脇には真新しい材木が積み上げられている。

やがて術者達の声がやみ、控えていた男達が少女の体を両脇から持ち上げた。

地中に掘られた穴は、少女が落ちてくる瞬間を真っ黒な大口を開けてまるでほくそ笑《え》むように待っている。

(あぁ、そうだったのか)

穴に落とされる直前、濡れた前髪の隙間から見えた少女の顔が、笑った――。

☆★☆

天紅《てんこう》十年。

一夜にして純白に染まった中庭は、冬を描いた絵巻のようだ。

雪化粧《ゆきげしょう》を施《ほどこ》した築山《つきやま》が映り込んだ池が湛《たた》える静謐《せいひつ》、南天の紅色と雪の白が織り成す光彩の雅《みやび》さ、それらを包む寒冷な空気ですらこの光景の一部であるかのごとく美しい中庭の片《かた》隅《すみ》で黒髪の少女は蹲《うずくま》り、何やらしきりに呼びかけていた。

「おいで、おいで」

少女は植木の茂みに向かって手を差し伸べる。その手に、青い目をした獣が茂みの陰から全身で警戒を露《あら》わにしていた。猫だ。

どこから迷い込んできたのだろう。

「いい子。おいで、おいで」

キン…とした外気の冷たさに少女の吐《は》く息が白くなっていた。

猫は全身を小さく丸め、少女の様子を窺《うかが》っている。が、その前脚は血で赤く染まっていた。

「怪我、痛いね。大丈夫？　そのままだとお家に帰れなくなるよ」

たどたどしい言葉で語りかけ、少女は柔らかそうな頬を痛ましげに歪《ゆが》めた。猫の様子をもっとよく見ようとして、もう少しだけと深く首を傾げれば、肩上で切り揃えられた黒髪が揺《ゆ》らめく。黒目がちな目が印象的な愛らしい少女は、冬の寒さに震《ふる》えながらもその場所から動こうとはしない。

そこへ静々《しずしず》と人の足音が近づいていた。

「白菊《しらぎく》様、白菊様はどちらに」

すると、弾かれたように少女が立ち上がった。

「ここに！　ここにいるわ」

名を呼ばれ、白菊は冷気で赤くなった頬を緊張で強張《こわば》らせた。期待と不安が入り交じった眼差しで足音の主を見つめた。

母の女房《にょうぼう》である藤江《ふじえ》は、白菊を見るなり言った。

「巫女様はお会いになりません」

抑揚のない声で告げられた言葉に、白菊はサッと表情を曇《くも》らせると、瞳を揺らし俯いた。目に見えて落胆《らくたん》した白菊に、藤江もまた幾分《いくぶん》表情を翳《かげ》らせる。

母はとても気まぐれな人だから、必ずしもお目通りが叶うとは限らない。事実、この前も、この前のその前も母に会えなかった。

「でも……」

「なりません。あなた様も巫女様の御子なら聞き入れなさい」

ぴしゃりと言い放たれ、口籠《くちご》もる。

藤江はいつもこうだ。二言目には「なりません」「巫女の御子なのだから」と言っては白菊を嫌な気分にさせる。きっと藤江は白菊のことが嫌いなのだ。だから、わざと意地悪をしているのかもしれない。

言われなくても、白菊とて自分の立場くらい分かっている。それでも母と会えるこの日をなにより楽しみにしていたのだ。

（どうして会ってくれないの？）

物心ついた時から白菊はひとり別の屋敷で暮らしている。それは『時視《ときみ》の巫女』である母が白菊を『都の守り人』だと予言したからだった。

和国朝廷《わこくちょうてい》の長い歴史の中でも稀代《きだい》の占者《せんじゃ》と謳《うた》われる母の予言は決して外れない。常に四方を屏障具《へいしょうぐ》で囲まれた場所に座している母。娘である白菊ですら直《じか》に母の姿を見たのは数えるほどしかないが、その姿は若々しく少女のようだった。なんでも母は自らの意思で肉体の時を止めたとか。そんなことが本当にできるのかと半信半疑ではあったが、だからこそ朝廷は時視の巫女を敬うと同時に恐《おそ》れてもいるのだろう。

そんな母は白菊にとって誇りでありすべてだった。

だから、母と会えるのは季節が移り変わる時期の一度だけで、直接その顔を見ることができなくても我慢できた。

いつの夏だったか、母が言った。「お前は特別なのじゃ」と。

そう、自分もまた母と同じように特別だからみんなとは違う生活を送らなければいけない。

だから人との関わり合いを避け、矢科山《やしなさん》の麓《ふもと》にある屋敷でひとり暮らすことを受け入れたのだ。母の住まうような豪奢《ごうしゃ》な屋敷ではない、廃《すた》れかけた建物と僅かな使用人達を与えられ、一日を精進して過ごす。それが守り人になる者の義務なのだと教えられれば従うだけだ。

なぜ人と関わってはいけないのか。どうして質素な生活を送らなければいけないのか。

それらに疑問を抱いても、決して口には出せない。母の言葉は絶対なのだから、そうしなければいけないのだ。

けれども、この生活は淋しさと隣り合わせだった。

孤独を知れば知るほど、母恋しさは募《つの》る。だからこそ、母と会える日を指折り数えていたのに、どうして……。

ギュッと足元の雪を踏みしめた時だ。「にぃ〜」と白菊の愁《うれ》いに誘われるように猫が茂みから顔を出した。

「あら、その猫」

姿を見せた猫はまだ小さく、雪に紛れてしまうほど白い。その分、怪我を負った前脚が痛々しく映った。猫は白菊の足元に体をすり寄せた。

自分は猫の目にも不憫《ふびん》に見えたのだろうか。

溢れた涙が一粒分だけ雪を溶かした。

「――ッ」

「白菊様っ」

白菊は猫を抱き上げると、藤江の声を無視して屋敷を飛び出した。

一章　山賊襲来《さんぞくしゅうらい》

天紅十四年の夏。

太陽が厚い雨雲に隠れてから幾日が過ぎただろう。

都の北東、矢科山を上流とする大河九竜川《くりゅうがわ》には水神《すいじん》が住むという。急峻《きゅうしゅん》な地形と雨期になると決まって濁流と化す河の様子を見た先祖達が、畏敬《いけい》の念を込めてそう語り継ぐようになったとか。中流から枝分かれした流路《りゅうろ》が氾濫《はんらん》を繰り返すたびに辺り一帯は軒並み水害に見舞《みま》われた。水は大地を抉《えぐ》り、田畑を沈め、麓《ふもと》の村を呑み込んだ。それでもなお、この地に人が留まり続けるのは、この辺り一帯が優良な穀倉《こくそう》地帯でもあったからだ。河と共に生きることを選んだ民達は社《やしろ》を建て水神を祀《まつ》った。すると氾濫はぴたりと鎮まり、時を経てこの地は都となった。

だが、何者かによってその社は壊されてしまった。それを聞いた都人のひとりが何気なく発した言葉こそすべての発端だった。

この長雨は、水神様の祟《たた》りだと。

まことしやかに囁《ささや》かれ出した噂はじわりじわりと広まり、都のいたる所で耳にするようになった。言霊《ことだま》とはなんと恐ろしいものなのか。目には見えずとも着実に人々の不安を増幅させ、やがてそれは強大な力となる。天災《てんさい》への、これまではどうすることもできなかった者達の憤《いきどお》りを煽り立て、朝廷に反旗を翻《ひるがえ》せとけしかけるまでそう時間はかからなかった。

暴君と呼ばれた先の大王が崩御して五年。都が未《いま》だ衰退《すいたい》の影を取り払えずにいる中、今日の生活を脅《おびや》かされ、明日生きることに気を揉む民達を尻目に、豪族達はなんとも煌《きら》びやかな営みをしているではないか。

都には夜な夜な賊が跋扈《ばっこ》するようになっていた。朝廷は討伐隊を編成し都の警備にあたらせるも、賊は彼等をあざ笑うように強奪を繰り返す。はじめのうちこそ討伐に力を入れていた豪族達も、やがて己《おのれ》の財を守ることだけに心血《しんけつ》を注ぐようになり、彼等は盗まれてもいいように少しでも多くの財を蓄えようと領地の民に重税を課すようになる。当然、民の不満は膨らみ、そうなればもう衰退の連鎖は止まらなくなった。

当時、朝廷は同盟国であり最大の貿易国だった春祇国《しゅんぎこく》との関係修復を試みようと躍起《やっき》になっていた。けれど春祇国の貴族欄家《らんけ》当主を私欲によって切りつけた先の大王の暴挙は決して許されるものではなく、春祇国は以来、和国との一切の貿易を拒絶した。輸入に頼っていた鉄をはじめ、塩や小麦など多くの物価の値は高騰《こうとう》し、瞬《また》く間に国政は窮地《きゅうち》に追い込まれた。国益の要であった金の輸出相手となるべく、新たな大王が導く朝廷には日を置かずしてどこかしらから貿易を求める書簡が届くも、その交易内容は対等とはおよそ程遠いものばかり。春祇国の後ろ盾を失った和国はこれより先、海を越えた諸外国にとって最良の植民地と位置付けられた。手中に収めることさえできれば溢れんばかりの金と潤沢《じゅんたく》な大地、勤勉《きんべん》な労働者が手に入る。まさに和国は宝の島だったのだ。失って初めて和国人達は知る。いかに春祇国が良好な関係を保っていたかということを。関係の修復を望む声が上がるも、この五年の間で春祇国の情勢《じょうせい》も大きく変わった。次期統治者を巡り内紛状態が続いていたのだ。不利益を承知で諸外国との関係を締結《ていけつ》するか、それとも自らの力で未来を切り開くか。暗礁《あんしょう》に乗り上げた都のかじ取りを担うべき占者、切り札と言うべき時視の巫女は未だこの件に関しては固く口を閉ざしたまま。そして、追い打ちをかけるように長雨が粛々《しゅくしゅく》と都を濡らす。

その影響はまず都から遠く離れた農村に現れた。

作物は軒並み腐り、財産ともいえる肥えた土壌は水に流れていった。害虫がもたらす疫病に悲鳴を上げるも、薬を買う銭《ぜに》はない。すべて領主が課した重税に吸い上げられてしまったからだ。

なぜ自分達だけが苦しまなければいけないのか。

彼等は切々《せつせつ》と鬱憤《うっぷん》だけを募らせていくようになる。

そんな折、都で囁かれている噂話を彼等は耳にする。この長雨は水神様の祟りだというのだ。

地方に暮らす者達にとっては和国の行く末よりも明日の暮らしの方が切実だ。貧苦《ひんく》の声が届かぬのなら、聞こえるまで叫ぶしかない。

腰の重い朝廷に痺れを切らした農民達はついに怒りの咆哮《ほうこう》を上げた。

長雨を止めろ、水神の怒りを鎮めろ。

農具を手に立ち上がる農民達に慌てたのは朝廷だった。

彼等が起こす小競り合いの火種が反乱の狼煙《のろし》となる前に鎮めなければ、衰退だけが加速してしまう。民ひとりの声は小さくとも、侮《あなど》ってはならないことを大王は知っていた。差し当たって彼等の怒りの矛先《ほこさき》を別のものに向けさせること。それには誰の目から見ても「悪」と呼べる存在が必要だった。

よって朝廷は社を破壊したのは矢科山の山賊だと公表した上で討伐隊を結成し、九竜川に新たな社を築く旨の御触れを出した。

その為の人柱《ひとばしら》に命ぜられたのが先の和国大王の娘、白菊だった。

☆★☆

「ぁあ――――ッ!!」

白菊は自分の声に飛び起きた。

がばりと身を起こし、枕元を振り返る。

「や……っ、やぁ――っ、やぁぁ――ッ!!」

悲鳴を上げ、床の上で後ずさった。

(蜘蛛《くも》がっ、蜘蛛に喰われる！)

巨大な蜘蛛がすぐそこまで迫っている。短い息を繰り返し、夢中で辺りを見渡した。枕を払い、立ち上がって掛布を払いかけたところで、辺りの静寂《せいじゃく》さに気づく。

「あ……」

燈台《とうだい》の灯りがゆらゆらと燃えている。

夜暗に滲《にじ》む橙色《だいだいいろ》の光に、白菊は正気を取り戻した。

(また夢……？)

思い至り、ホッと胸を撫で下ろす。手にしていた掛布を握りしめたまま床の上にへたり込んだ。が、まだその辺りに蜘蛛が隠れていそうな気配がして何だか落ち着かない。

分かっていてもつい近くの闇に目を遣り、蜘蛛がいないことを確認してしまう。

こうして飛び起きるのもこれで何度目だろう。

七日前、朝廷からの勅命が下ってからずっとこの調子だ。眠れないまま朝を迎えるか、悪夢《あくむ》を見て飛び起きるかの毎日にいい加減うんざりしてくる。

それまでの懐かしさを孕《はら》む夢とは違う、恐怖しかない夢は何を意味しているのか。

悪夢は決まって巨大な蜘蛛が白菊を襲ってくるものだった。

人が見たらついに心を病んだと思うだろう。

それでなくとも白菊は異質な目で見られている。

重い息を吐き出し、掛布を握りしめている手に視線を遣った。震えている。手を開けばじんと指の先が冷たくなっていた。

(体は正直だわ)

七日前、白菊は水神の社再建の際の人柱になる大役を仰《おお》せつかった。

命を惜しむことなどあってはならない。なぜなら白菊は『都の守り人』だからだ。人柱になることは白菊の天命なのだ。

けれども、それを受け入れられない自分がいる。

(死を恐れているのね)

命の期限への怯えが、連日の悪夢となって出てきているのだろう。

自分はこの時の為に生まれてきたというのに、――なんと脆弱《ぜいじゃく》で臆病なのか。

だからといって、白菊にはどうすることもできない。

足掻《あが》いたところで儀式までの十日余りで何ができるだろう。

母の予言は決して外れることはないし、白菊もそれを受け入れている。

震える手を反対の手で包み込み、唇に押し当てた。

こんな無様な様子を人に見られなくて本当によかった。

(大丈夫。静まれ、静まれ)

ドクドクと脈打つ鼓動を落ち着けようと枕元に手を伸ばし、守り袋を探した。だが、いつもの場所に見当たらない。

（あれ？　あぁ、そうか。私が先ほど暴れたから飛んでいってしまったのね）

目を凝らし手のひらに収まるほどの大きさの守り袋を探し始めた時だった。

「山賊だ！」

一声は、突然上がった。

（え、山賊っ!?）

驚き、探す手が止まった。

長雨が招いた混乱に乗じて都を跋扈《ばっこ》する賊がいるという。矢科山をねぐらとする賊のことだ。以前は、都に下りてきて金品や若い女を強奪するのも気まぐれな頻度でしかなかったが、最近はひっきりなしに現れているとか。だが、彼等が襲撃する屋敷は豪族と決まっていただけに、使用人の一声は寝耳に水だった。なぜ今夜は白菊の屋敷を標的としたのか。

ここは肩書きだけは立派な娘が住む、廃れた屋敷だ。華やかな衣装も贅《ぜい》を尽くした食材もない。財と呼べるのは僅かな使用人達だけ。手入れも申し訳程度にしかされていない屋敷になぜ。

（……護衛のせい？）

今、この屋敷は朝廷が遣わした護衛兵で取り囲まれている。彼等を見た山賊がここに財宝を置いたと考えたのかもしれない。

よもやそんな下種《げす》の勘繰《かんぐ》りのせいで襲撃されるなど夢にも思わなかった白菊は、完全に気持ちが乗り遅れてしまっていた。が、ハッと我に返り、慌てて周りを見渡した。

出口は衝立《ついたて》の向こうひとつきり。出て行けば確実に捕《つか》まる。かといってこの場に留まっていても同じこと。大きくない屋敷だ。ここが彼等に見つかるのも時間の問題だろう。

足音は確実に近づいている。

(逃げ出したい)

咄嗟《とっさ》にそう思った。けれど、もう白菊は自分だけの判断で動いていい身ではない。

(ど…、どこでもいいから隠れないと)

身を隠す場所を求めて立ち上がったところで、足がもつれた。突然の事態に足が恐怖で竦《すく》んだのだ。こんな時に、ともどかしさを覚えながら四つん這《ば》いになって床を進む。部屋の隅に身を寄せ、持ってきた掛布を頭から被って闇に身を潜《ひそ》ませた。

(どうか見つかりませんように……っ)

矢科山には鬼が住むという。その鬼が率いているのが矢科の賊だ。攫われた娘達は鬼に喰われてしまうと聞いたことがある。

すべてが口伝えで語られているのは、攫われて戻ってきた者がひとりもいないからだ。これまで幾度も朝廷は討伐隊を出したが、皆無残な姿となって都の城壁前へ打ち捨てられた。だからこそ、矢科の賊は人々から恐れられている。

(怖い)

切り落とした討伐隊の首を都の入り口にひとつずつ並べておくような鬼だ。きっとおどろおどろしい姿をしているに決まっている。そんなものに喰われたくなかった。

両膝を抱え、息を殺す。震える顎《あご》に力を込めて、必死に気配を消した。だが、次の瞬間。

「見ぃつけた」

声と同時に被っていた掛布を取り払われた。

籠もっていた空気が散って、代わりに血生臭さが鼻をついた。反射的に顔を上げてしまった白菊は、直後その浅はかさを呪った。

――鬼だった。

目の前に鬼がいる。

橙色の光が映すのは赤茶けた長い髪。ぎょろりと見開かれ血走った双眸《そうぼう》と大きく上に吊り上がった朱い口を持つ鬼の顔が半分見えた。異形の形相《ぎょうそう》に白菊は絶句する。

（これが矢科の鬼。なんて禍々しい姿なの……）

喰われてしまう。

瞬間的にそう思ったけれど白菊にはどうすることもできなかった。早鐘を打つ心臓の音が耳元で聞こえる。息を吐き出すたびに体の芯から凍り付いていくような薄ら寒さは、眼前に迫る恐怖からなのか。体がカタカタと震えた。

冷や汗が一筋背中を伝う。

蛇に睨《にら》まれた蛙《かえる》同然となった白菊は、瞬《まばた》きもできずに鬼を凝視《ぎょうし》する。

するとと鬼がおもむろに白菊の顔を撫でた。

「ひ……っ」

思わず引き攣った悲鳴が出た。触れられた瞬間、全身の産毛が逆立った。一瞬だけ甘い香りがした。その直後、すぅ…と体の中心を冷たいものが滑り落ちていくのを感じた。

(あ――)

「おいで」

腕を引かれて、ぐらりと体が傾いだ。視界が捻れ、体が宙へと持ち上げられる。

「撤収だ！」

鬼の一声に、にわかに騒がしくなった。

逃げろ、と急き立てる声があるのに体がいうことを聞かない。目も耳も聞こえるのに、指一本すら動かすことができなかった。

「……や」

唇から辛うじて漏れた悲鳴に鬼が含み笑いをする気配がした。

「嫌じゃないよ、白菊」

囁かれ、またあの甘い香りがした。鼻の奥いっぱいに充満するあまったるい匂いにくらりと眩暈がする。

(ど……して私の名前…を)

だが、意識を保っていられたのはそこまでだった。

二章　矢科《やしな》の鬼

どうしてここにいるのか。いつからこの場に立っていたのか。

まん丸い月が真っ黒な空にぽつんと浮かんでいた。

いつもは聞こえる木の葉のざわめきも、風が吹き込む音も聞こえない。不気味なほどの静寂があった。

青白い月の光は粛々とすぐそこまで降り注いでいる。

けれど、はっきりと分かるのはそこまでだった。

不思議だ。見慣れた光景のはずなのに、微妙にすべてが霞んで見える。まるでその部分だけを切り取ったかのように、そこにあるはずのものを曖昧にさせる。気のせいか、耳の中が籠もっているようにも感じた。

ぐち……。

なのに、嫌な音はちゃんと耳に届いてきた。

月の下で、振り上げられた刀が鈍色《にびいろ》に輝いた。

ぐち……。

切っ先が肉に刺さった。引き抜かれると血が勢いよく噴き出す。突き刺しては、引き抜く。そのたびに血が飛んだ。刀を突き立てられる毎《ごと》に鬼の体は痙攣《けいれん》していた。回数が増すと血は勢いを失い、だらだらと流れるだけになった。

白菊の部屋で鬼が殺されていた。いや、退治されているのか。

横たわる鬼の周りには大きな血溜まりができている。

ぐち、ぐち……。

鬼が屍《しかばね》と化していく音が響く。血の臭いが部屋に充満していた。

嫌な音と嫌な臭い。大きすぎる月の禍々《まがまが》しさも、屍となった鬼も、どれもこれもおぞましく恐ろしい。

目を背けたいはずなのに、白菊の視線はある一点に注がれたまま。

鬼を退治している大層美しい男を食い入るように見ていた。

長い髪が彼の動きに合わせて揺れている。毛先に集まった月の光がキラキラと煌めいていた。

美麗《びれい》な顔には宝石を埋め込んだような青い目があった。

大きな月がすっぽりと彼等を覆《おお》った。男は何度も刀を鬼へと振り下ろしている。その様には迫りくる猟奇《りょうき》があった。

やがて鬼はまったく動かなくなった。

(死んだの？)

白菊は衝立の縁《ふち》を握りしめた。

目の当たりにした死に、尻餅をついた場所から冷たいものが這い上がってくる。それはぞろり、ぞろりと体に纏わりついた。

つい先ほどまで生きていたものが、肉の塊となった。そのことに、どうしようもないくらいの嫌悪《けんお》を覚えた。

固唾《かたず》を呑んだ瞬間、男がこちらを見た。

凄艶《せいえん》に彩られた姿に魂が震えた。息をするのも忘れ、眼前の男に見入る。初めて会ったはずなのに、見知った顔のような感動を覚えた。

なぜそんな既知感を抱いたのか。いや、それよりも……。

(なんて綺麗な人なの)

物憂《ものう》げな目元のなんと妖艶《ようえん》なことか。

男はゆらりと首を傾げこちらを見遣ると、串刺しにしていた鬼の屍を跨《また》いだ。もう興味が失せたのか、肉と化した鬼には見向きもしない。ゆっくりとこちらへ近づいてくる。ぴちゃり、と血溜まりが跳ねた。

片手に刀を握りしめた男は白菊の目の前に立ち、膝をついた。鬼の血を浴びた男は全身が血色に染まっていた。

恐ろしかった。

そして悲しかった。

「……」

するりと白菊の唇から出たのは男の名だった。けれど、白菊の耳はそれを拾わなかった。

頬に男の手が宛てがわれる。その手は泣きたくなるほど冷たかった。

頬をひと撫でしたその男は口元にわびしさの漂《ただよ》う微笑を浮かべた。

「……ッ、……！」

あぁ、彼にこんな顔をさせては駄目。

白菊は必死で男の名を呼んだ。

恐怖よりも、悲しさと愛おしさが白菊を急き立てた。

今、男を引き止めなければ会えなくなってしまう。

なのに、どうすれば彼を引き止めることができるのか分からない。

血生臭さがツンと鼻をつく。すると、不意に気が遠くなった。

(待って、まだ行かないで)

「約束……、…があったら……大木に……て」

ぐらりと前に倒れ込む最中に聞いた声は、くぐもってよく聞こえなかった。

☆★☆

ゆらり、ゆらりと揺さぶられて目が覚めた。

夢を見ていた気がする。朧《おぼろ》げだがよい夢ではなかったらしい。心が悲しみに満ちて痛い。

必死に何かを叫んでいた気がする。

(何だったかしら……)

考えようとするけれど、体を包む温もりがとても懐かしくてもっと微睡《まどろ》んでいたくなる。

「ん……」

心地好い感覚があった。血脈に乗って体中を巡るこの言いようのない快感は何だろう。

胸元に細糸のようなものが触れている。さらさらとした肌触りのそれが動くたびに絹の布地に撫でられているような感覚があった。

(気持ちいい……)

快感を追いかけて、身じろぐ。少し窮屈さを覚えた。心なしか体が重たい。まるで何かが上に乗っているようだ。だが、その重みも心地好いと感じられた。

ふわりと甘い香りがした。

どこかで嗅いだことのあるような懐かしい匂いに、ふぅ…と吐息が出る。

(あぁ、どこだったかしら)

乳房の先に生温かいものが触れた。湿り気のあるそれはちろちろと蠢《うごめ》いている。

「……ぁ」

そこから生まれた細い刺激が全身を満たし、痺れる。

「あ……ん、ん」

どうしてか、下腹部がひどくもどかしかった。熱くてむず痒い。体の奥から脚のつけ根にかけて圧迫感があった。それがずるずると動いている。乳房から生まれる柔い刺激とは違う、もっと鮮烈な快感があった。

(目を……開けないと)

頭ではそう思っているのに、瞼《まぶた》も重い。なにより、今はこの懐かしい温もりに包まれながら快感の中をたゆたっていたい。

どうしてか不思議と心は満たされていた。

「気持ちいいんだね」

少しくぐもった声がした。問われて、素直に頷いた。

圧迫感の源《みなもと》がまた動く。

「あ……、あ……」

こんな感覚は初めてだ。体を包む温もりも全身を満たす気持ちよさも、まさに夢見心地。すべてが快感だった。

「は…ぁ、ん……んっ」

女人の甘い声がする。蕩《とろ》けた声音はなぜか白菊が吐息するたびに聞こえた。

「気持ちいいって言って」

声が強請《ねだ》ってきた。

「もっと気持ちよくなりたいだろ?」

(気持ちよく……?)

半分霞みがかった頭で何かを考えかけたが、億劫になってやめた。今は目先の欲に溺れたい。

「……ぃい、きもち…いいの。……あ、あっ」

言われるがまま言葉を紡ぐと、ぐん…と圧迫感が増した。内臓を押し上げられる息苦しさと内側を擦られる感覚にぞくぞくする。

(あぁ、この快感はこうして生まれるのね)

じゅぶ、じゅぶ…と水音が聞こえる。体を揺さぶられる速度が速くなるほど水音は大きくなり悦楽《えつらく》は色濃くなる。

「やぁ、あ……、あ…っ、は…ぁ、あっ、ん!」

擦られている部分が爛《ただ》れたように熱い。耳に届く女人の恍惚《こうこつ》とした声音に体が煽《あお》られた。

(いったいこれは何なの)

けれどそこまで意識が回らない。

絶え間なく響く水音と女人の嬌声《きょうせい》。腰骨から響いてくる振動と悦楽がこの瞬間のすべてで、それ以外のことはどうでもよくなってくる。

(もっと……)

今以上の悦《よろこ》びを求めて、白菊は腰を揺らめかせた。

「はよう……、はよう欲し……っ」

欲すれば与えられることを知ってしまったら、体は止まらなくなった。快楽が理性を凌《りょう》駕《が》した後にあるのは、衝動に奔放《ほんぽう》な体だけ。揺さぶられ、擦られ、痺れさせられる。体に触れる滑らかな感触に体をすり寄せた。

いつまでもこうしていたい。

強く願った時だ。秘部の窮屈さが増した。

質量を増した太いものが内壁を擦るたび、さらなる肉欲が煽られる。体中に散らばるちりちりとした疼《うず》きが燃えるように熱い。

子を成す場所が何かを欲している。

早く、早く――っ。

この悶《もだ》えるくらいの快感をどうにかしてほしかった。

無意識に圧迫感の源を締めつけると、耳元で低い呻《うめ》き声が聞こえた。体を包んでいる温もりが熱を帯びている。

こみ上げる切なさが体の奥底から何かを誘っている。

(駄目、何かが溢れてきちゃう――っ)

「あっ、あ……っ、やめ――、あ……あぁっ」

すぐ傍にあるものに縋りつき、きゅうっと下腹部に力を込めて堰《せ》き止めた。息を呑む音が聞こえた後、縋りついた腕を振りほどかれ、押さえつけられる。膝が胸につくほど折り曲げられると、快感は一層強くなる。

「あぅっ！　ひぁ……っ、駄目……、駄目ぇっ！」

「……くっ」

「あぁぁっ!!」

目の奥で閃光が弾けると同時に、堪えていたものが秘部から噴き上げた。全身ががくがくと震える。最奥に注ぎ込まれた感覚すら気づけないほどの過ぎた刺激に、また意識が遠のいた。


耳の側で静かな息遣いの音が聞こえた。自分のものとは違う気がする。

脚のつけ根辺りには濡れた感覚があった。なぜだかとても体がだるい。

——あれらは全部夢だったのか。

夢の中で夢を見ていた気がする。とても気持ちのいい夢と、怖くて悲しい夢。けれど、怖い夢はどんな内容だったろう。

覚醒しきらない頭で、白菊はぼんやりと考えた。

(温かい)

体を包む温もりが心地好かった。不思議だ。まだ夢の中にいるみたいな錯覚がある。なんて滑らかな肌触りだろう。ほのかに甘い香りもした。

夢で感じたそのままの温もりに、心が望むまま顔をすり寄せた。

もしかして、まだこれも夢なのかもしれない。

そう思い身じろぎした。そうすると、やはり窮屈さがあった。

（あぁ、同じだわ……）

窮屈さまでも同じなのだから、きっと夢の中に違いない。しかし、夢とは明らかに違うものがあった。

伝わる感覚が鮮明なのだ。背中を撫でているのは……手だろうか。

（――手？）

不意に浮かんだ疑念に、いよいよ重たい瞼を持ち上げた。

そこには薄闇とほのかな橙色が魅せる明暗の世界があった。それが不自然な陵丘《りょうきゅう》で遮《さえぎ》られている。

「ん……」

体の不自由さも勘違いではなさそうだ。耐え兼ねて身を捩った。少しだけ体を動かせる空間が広くなったけれど、まだ窮屈。

すると、急に心地好かった温もりが煙《けむ》たくなった。

手で滑らかな手触りのものを押しやった。硬いけれど、弾力がある。規則的に鼓動を刻《きざ》むそれは、耳の側で聞こえる息遣いと同じ拍子《ひょうし》だった。

(息づいている?)

再来した疑念に血がざわめいた。夢うつつだった意識がぶわりと体の奥底から掬い上げられる。

(な……ッ)

焦点の合った目で見たものに、全身に寒気が走った。

心臓が痛いくらい強く縮み上がり、呼吸が一瞬止まった。

白菊の目は男の隆々とした体を映していた。視界が不自然に遮られていたのは、男の肩越しに見ていたからだ。

分かるのは、今自分は男の腕に抱かれて横たわっているということだけ。

「や……、や……あぁぁぁぁ……」

ずっと感じていた温もりは男の体温だった。

何が心地好かった、だ。安堵し身を委ねていた自分はどうかしていたとしか思えない。

混乱の中で必死に足掻いた。悲鳴を上げながら男の腕から逃れようともがく。

いったいどうしてこんな目に遭っているの。

(鬼……、鬼が目の前にきて、私——っ)

そうだ、あれからどうなった。あの鬼は、この男は誰。

(逃げなければっ)

今は状況を把握することよりも、ここから逃げ出すことしか思いつかなかった。なのに、男の腕はどれだけ暴れてもびくともしなかった。涙目になりながら何とか這い出そうともがいた。

　すると、不意に男の腕が緩んだ。しめたとばかりに体を引き剝がし、壁まで這って逃げかけた時だ。視界の端に見覚えのあるものが飛び込んできた。

「ひっ！」

　無造作に床へ放られていたのは、自分を攫いにやってきた鬼の顔だった。

「――ッ!!」

　悲鳴を上げかけて、すんでのところで口を両手で覆った。

（な……生首!?）

　あまりの衝撃に腰が抜けてしまった。その場にへたり込み、つかの間愕然《がくぜん》とする。

　なぜあんなところに鬼の首が転がっているのか。

　ひゅうひゅうと喉を鳴らしながら尻を引きずり後ろへとずり下がった。背中が壁にあたった衝撃にまた心臓が縮み上がる。今は目に見えるもの、触れるものすべてが恐ろしい。

　薄闇の中、白菊の吐く荒い呼吸だけが響いている。

　どうしてこんな場所にいるのか。なぜ、こんなことになっているの。

　建物を叩く雨の音が聞こえている。

（雨が……）

　これが夢ならどれほど救われただろう。しかし、聞き慣れた雨音が現実なのだと教えてきた。

男はよほど深く寝入っているのか、起きる気配はない。

白菊はこわごわ鬼の首へと視線を遣った。

よくよく見ればそれが鬼の面だということに気がついた。

(どうしてこんなものがあるの)

片側だけ燈台の灯りに照らされているそれは、やはりおどろおどろしい。おのずと視線は寝入っている男へと向けられた。

この男が被っていたのだろうか。

男の長い黒髪が天幕となって白菊からその男の顔を隠している。掛布代わりの着物からはみ出ている裸体は、自分とは違う硬質な線を描いていた。女物の艶やかな着物と黒髪だけを見たなら、きっと女だと思っていただろう。

(あの人が鬼の正体?)

ならば、自分は間違いなく矢科の山賊に攫われてきたことになる。

男の周りには白い酒瓶が栓の開いたまままいくつも転がっていた。あれらをすべて飲み干したのなら当分起きることはないはずだ。

(今なら逃げられる)

どこからか隙間風が入っているのか、冷たい風が肌にあたった。肌寒さにぶるりと体が震える。腕を反対の手で摩《さす》ったところで「――え」と困惑の声が零れた。恐る恐る自分を見下ろし、ようやく気づいた己の姿に絶句した。

自分もまた裸だったのだ。

(な……んで)

眠る男に再び視線を合わせる。

すると思い出したかのように体の奥から鈍痛がやってきた。脚のつけ根に何かが挟まっているような感覚がある。

嫌な予感に体の芯まで冷えた。

とろりと体の奥から流れ出てきたものが秘部を伝い床へと零れた。腰をずらして指で触れる。僅かな粘り気を帯びた液体が擦り合わせた指の間で糸を引いた。

どうして自分はこんな恰好をしているの。

部屋に男と二人きり、共に裸のまま絡み合うようにして眠っていた。

脳裏をかすめた可能性に、ドクン…と心臓が嫌な音を立てた。

「……ぁ」

視線を男に向けたまま、壁伝いに距離を取る。一歩、また一歩と男から遠のきながら戸口へにじり寄った。

頭の中に浮かんだのは、父と母が裸で絡み合っていたあの光景だった。

どうしても母に会いたくて、約束もなく母の屋敷を訪ねた時のことだ。

『あ……、ひぃ……んっ』

白菊はその時、艶を帯びた女の声を聞いた。それに混ざって獣のような荒い息遣いも聞こえた。パンパンと聞こえた音によからぬ胸騒ぎを覚えて、音がする方へ近づいた。激しく打ち響く心臓の鼓動を耳の側で聞きながら、そっと衝立の奥を覗き込んだ先で見たのは、四つん這いになっている裸の母に同じく裸でのしかかる男の姿だった。ぐちゃぐちゃと音を立てながら男の股間についた赤黒いものが母を突いている。獣じみた咆哮を上げて腰を振る男は、時折母の尻を叩いていた。繋がった場所からだらだらと体液のようなものが垂れていた。

あんな恐ろしい光景は、生まれて初めてだった。

棒立ちになって立ち竦む幼い白菊をその場から引き剥がしたのは、藤江だった。

『二度とこのような真似をしてはなりません！』

頬を打たれ、烈火のごとく叱られた。

咎められたのは、勝手に母を訪ねたことなのか。それとも母達の行為を目撃したからなのか。多分、どちらもしてはいけないことだったのだろう。

叩かれた頬を押さえながらも、見てしまった光景は瞼に焼きついて繰り返し脳裏に蘇った。

(何をしていたの、お母様。お母様っ……！)

行為の意味は分からなくても、それがいかがわしいことだというのは察しがついた。

そしてその男が当時、都を治めている大王であること。彼が自分の父親であることを聞かされたのもその時だ。

幼心に焼きついた情事と叱られた出来事は、忌《いま》まわしい記憶として白菊の心に残った。

なのに、自分は今、あれと同じことをしたというのか。

あの男にも父と同じ肉の棒がついているのだ。それが自分の中に入ったのか。

ぐっとすえたものがこみ上げてきた。

(嘘よ……っ、そんなことあるわけない！)

その時、男が小さな呻き声を上げた。

ハッと正気に返り、急いで下肢《かし》に力を込めた。立ち上がり戸口を目指す。が、足がもつれて前のめりに転んだ。

「どこへ行くの？」

掠《かす》れた男の声が尋ねてきた。

ヒッと短い悲鳴を上げて、白菊は四つん這いの恰好で体を強張らせた。

後ろで男が動く気配がする。視線を感じて肩の辺りが冷たくなった。

「どこへ行くの」

ゆっくりとした口調で男は同じ言葉を繰り返した。

少し気だるげな声には張りと若さがあった。

「白菊」

名を呼ばれた瞬間、目に見えない縄で魂が囚《とら》われた。

攫われる時、鬼も白菊の名を呼んでいた。

やはり、この男が自分を攫った鬼なのか。

振り返りたくない。このまま逃げ出したかった。

(あぁ、戸口はすぐそこなのに)

男の声には逆らえない力があった。カチカチ…と歯が震える。感じる恐怖に心臓が壊れそうだ。

「喉が……渇《かわ》いた」

男はひとり呟き、転がっていた酒瓶を手に取った。が、中身が空なのだろう。落胆の溜め息を吐いてそれを放り投げると、何を思ったのか白菊の臀部《でんぶ》を掴《つか》んだ。

「ひっ!?」

そのまま躊躇《ためら》いもなく顔を寄せると。

ず…ずず……。

秘部の雫を生温かいもので啜《すす》られた。

「――くそ不味い」

愚痴を零し、両手で臀部を左右に広げて吸いつく。

啜っているのは、あの粘り気のある液体だ。舌先を蜜口へ挿し込み、獣のような舌遣いでそれを舐めている。

「あぁ、甘くなった」

男の声が歓喜《かんき》に染まった。美味そうに秘部から滴るものを啜り喜んでいる。

その常軌《じょうき》を逸《いっ》しているとしか思えない行動に、白菊は指一本動かせずにいた。

冷や汗が全身から噴き出す。体を支える四肢がおかしいくらいに震えて、肘は今にも折れてしまいそうだ。喉がカラカラに渇いているのに、飲み込む唾も出てこない。

(何が起こっているの……?)

いや、違う。何をされている?

(……嫌、見たくない)

確かめたくなかった。今この身に起こっていることを現実だと認めたくない。

けれど、首は白菊の意志に反して動いていく。こわごわ後ろを振り返れば——。

「い……やぁぁぁぁ——ッ!!」

尻の上から青い目がこちらを見ていた。

「やぁぁぁ、やぁぁぁ——っ!!」

考えるより先に体が動いた。半狂乱になって手足をばたつかせ、男を引き剝がそうともがく。

最中、かかとが男の頬を捉《とら》えた。怯んだ隙に床を這って逃げた。男から離れられればどこでもよかった。が、さほど広くない部屋なのだろう。すぐに行き詰まった。壁にぶつかり、反射的に後ろを振り返ってしまう。

「ひぃぃ……っ」

薄闇の中で光る目は、まるで獣のようだ。

のそりと燈台の灯りが届くところまで動いてきた男は大層美しい顔をしていた。青い目を煌めかせ、白菊と同じように四つん這いでにじり寄ってくる。

「や……、や……あぁ。こない……で」

お願いだからそれ以上、近づかないで。

情けないくらい体が震えている。指先は温度を感じないくらい冷たくなっていた。どこもかしこも男の存在に怯えていた。

「誰……誰か……っ」

「ここにいるよ?」

絞り出した悲鳴に被せるように男が言った。楽しげな声と共に、白菊へと手を伸ばしてくる。

「いやぁぁぁ――っ!」

その手から逃れたくて、今度は壁沿いに逃げた。汗か涙かも分からない滴が頬を伝う。けれど、それが何なのかを確かめる余裕などなかった。

ここから逃げ出したい。

その一心で必死に手足を動かした。――だが。

「つかまえた」

「ひっ――」

くすくすと笑って、男が背中に覆い被さってきた。裸体に男の腕が絡みつき、秘部に熱い塊が押し当てられる。

「やっ、なに……っ!?　あ、あぁぁ――っ!!」

ずぶずぶと肉襞を割って押し入ってきた存在感に白菊は何度目かの絶叫を上げた。

「……凄い」

悦に入った溜め息を吐き出し、男がうっとりと白菊の髪に顔をすり寄せた。

「あ……っ、や……めて、やめ……ひぁ、あ！」

一気に奥までねじ込まれ、どっと汗が噴き出した。内臓を押し上げてくる圧迫感でまともに呼吸ができない。床に落ちた汗の粒を、白菊は瞬きを忘れた目で見ていた。

(入って……る、男が体の中に入ってきている)

体が痛い。腹の中でびくびくと脈打つものに嫌悪を覚えた。こみ上げた嘔吐《おうと》感に、上半身が崩れ落ちた。

「んぐ……っ」

すんでのところで堪えるが男が腰を振り始めたことで、今度は振動にも耐えなければいけなくなった。容赦なく内側を突き上げてくる異物感に総毛立つ。そのたびに、ずん、ずん…と奥が痛んだ。白菊は夢中で首を振ってやめてと訴えた。頬を濡らす涙が辺りに飛び散る。

「たまらない、またすぐに出そうだ」

だが、男はそんな白菊を気遣うことなく興奮した声を出した。

「次で三度目……いや、四度目か？」

（何……？　何のこと）

「はよう、はようと俺の摩羅《まら》を強請っただろう」

夢の中で言った言葉を揶揄されて、あれも現実だったと知った。

（意識のない間に――犯されたの？）

「あ……」

白菊は涙でぐちゃぐちゃになった視界で揺れる蝋燭《ろうそく》の灯りを見つめ続ける。

「あぁ、気持ちいい。生娘は面倒で好きではなかったけれど、白菊だと滾《たぎ》るね。まだ硬くて窮屈で……たまらない」

腰遣いに呼応して、ぐちゅと水音が卑《いや》しく響く。そのたびに最奥を犯された。

痛い、苦しい。

もうやめてほしいのに男はまるきり白菊の恐怖に気づいていない。愛おしそうに尻を撫で腰を深く突き入れることに夢中だ。

「昔のように大好きだと言っておくれ」

腕を掴まれ繋がったまま、仰向けにされた。無意識に秘部を締めつけた時、男が息を詰めた。直後、体の奥がじわりと濡れた。

（――え、何……？）

唖然《あぜん》とする白菊の上で、男はほぅっと息をつく。

「急に締めつけるから、出たじゃないか」

出たって、何が。

目を細めて白菊を窘《たしな》めた男を呆然《ぼうぜん》と見つめ返した。

完全に白菊だけがこの状況から置いてけぼりを食らっている。衝撃の連続に頭も体もついていけない。なのに、男はひとり嬉しそうで「香油代わりと思えばいいか」と呟いて、また腰を振り始めた。

「孕んでもかまわないよ」

（この男は何を言っているの……？）

人を凌辱《りょうじょく》しておきながら、男は罪の意識を欠片も持ち合わせていない。でなければ、白菊が今どんな表情をしているのか見えていないのだ。

白菊の顔には今恐怖しか浮かんでいないはずなのに、なぜ男はこんなにも蕩けた表情でこちらを見つめているの。熱い眼差しで何を言っているのだろう。

――狂っているのか。

行きついた結論に、ぞっとした。

男が体から出て行くと、こぷり…と白濁が溢れてきた。

あぁ、体の中から出てきたのはこれだったのか。ようやく知ったその正体に頬が引き攣り、空笑いが零れる。

男はそんな白菊を気にすることなく白濁を指で掬《すく》い、秘部の中へと押し込む。直前まで怒張した男根を受け入れていた場所だ。指の一本程度、難なく受け入れてしまう。

「白菊を見ているだけで、何度でも爆《は》ぜられそうだ」

嘯《うそぶ》き、男は白菊の腰を高く持ち上げた。膝が胸につくまで掲げられると、男は先ほど放った精を啜り始めた。

生ぬるい舌が蜜口を丁寧に舐める。埋め込んだ指は白濁を擦り込んでいるのか、それとも掻き出しているのか。中をかき混ぜる音と、舌で舐められる音が鼓膜を震わす。もう何が何だか分からなかった。

「……て、やめ……て」

「あぁ、夢のようだ。白菊の中から俺の味がする。でも、こうやってかき混ぜると白菊の蜜がどんどん濃くなって……美味いよ。もっと出して、もっと舐めたいから」

男の興奮しきった声がますます恐怖心を煽る。白菊は躍起になって男の頭を引き剝がそうとした。髪の根元を摑み引っ張る。それが駄目なら、両手で力一杯男の頭を押しやった。

（やめて……、やめて……やめて、やめてっ）

声にならない悲鳴を絞り出し、泣きべそをかきながらがむしゃらに抵抗した。だが、男はびくともしない。白菊が必死になるほど、男は秘部を啜り、舐めまわした。

舌の生温かさも肉厚の感触も、ただただ恐ろしい。蜜襞を摩る指が生き物の蠢きにしか思えなくて吐き気がする。男の姿に母を蹂躙《じゅうりん》していた父の面影が重なって見えた。

「いやぁぁぁ――――っ!!」

どれだけ声を荒らげても誰も助けてくれない現実に心が砕《くだ》けそうになる。

(これは現実ではないわっ)

しかし、懸命の現実逃避をあざ笑うかのように凌辱は続く。男が生み出す刺激がいちいち現実へと引き戻した。

「……ぁっ!」

指が蜜壁の上を掠めるとびくんと腰が跳ねた。男はおもむろに顔を上げて、したり顔で笑う。

「ここか」

今や恥部を覆う薄い茂みは何の体液かも分からないものでてらてらに濡れて、媚肉に張りついていた。男はそそり立った欲望を蜜口に宛てがう。その赤黒い性の象徴は男の風采《ふうさい》とは似つかわしくないほど雄々《おお》しく、生々しかった。

(やめて、もう入れないで)

今さらながらに怯えた表情で男を見上げれば、宥《なだ》めるように白菊の内股を撫でた。そしてすぐに、ぬち…と卑猥な音を立てながら剛直が体内へ押し入ってくる。

「う……ぁ、あ……」

内臓を押し上げる圧迫感が凄い。男はことさらにゆっくりと欲望を白菊の中へと沈めていく。亀頭のくびれが中の粘膜を擦る刺激に何度も悲鳴を上げそうになる。そのたびに唇を噛みしめ、声を堪えた。

「……は、ぁ……っ」

(駄目、息ができない)

口をぱくぱくさせ、どうにかして空気を取り込もうともがく。けれど、根元まで収まった凶悪な存在がまた暴れ出した。

最奥まで押し込まれた剛直が、ゆっくりと蜜壁に形を刻みつけるように動き出す。徐々に速度を上げていくと、ふり幅も大きくなった。余すところなく埋め込まれたかと思えば、抜ける間際まで引き抜かれる。瞬間的な空虚感に秘部がきゅうっと窄む。その最中を狙ってまた強引に押し入られることの繰り返し。秘部から掻き出された体液が臀《でん》部へと伝った。

(どうして私がこんな目に遭わなければいけないの)

なぜ運命は白菊に過酷な道ばかりを強いるのか。

たくさんの「なぜ」が白菊を埋め尽くすと、何が何だか分からなくなった。

男の動きに時折腰が跳ねる。そのたびに、蜜壁が蠢いた。二度、三度と続けば、味を占めた男がそこばかりを集中的に責めてくる。じん…と痺れる感覚に体の力が抜けていく。ぐちゅぐちゅと隠微《いんび》な音を響かせ、打ち付けられる振動に悶《もだ》えた。

「ひぁ……っ、や……ぁ、あ……っ」

抵抗をやめた両手に男の手が重なる。指先を絡められ強く握りしめられた。

背中が床板に擦れて痛い。だが、腰骨に響く律動《りつどう》が徐々に夢の中で感じたあの快感を呼び覚ます。

(嘘……違う、嫌……ッ、気持ち悪いの……)

そう、気持ち悪いと思っていたはずだった。

けれど、魔羅を咥えた体は悦んでいた。抜かないでと秘部をひくつかせ、より強い快感を求めて絡みつく。擦られ突かれて生まれる刺激に乳房の先が硬く尖る。

「や…ぁ、あ……やめ、やめてぇぇぇ――ッ!!」

(違う、これは私の望んだことではない)

「いやぁぁ――っ! やめてぇ……っ、あ……あぁっ!」

悲鳴を上げて、涙をまき散らす。秘部からはどちらのものとも知れない体液が噴いていた。

「やぁ……、は……ぁ、んんっ」

膝裏を押され、さらに露わになった秘部めがけて真上から肉の棒が突き立てられる。ぐりぐりと奥を抉られ続ける強烈な刺激に、白菊は身も世もなく乱れた。

「ひ……ぃ、や……っ、やぁ……!」

心にあるすべての感情がごちゃ混ぜになって溶けてしまいそうだ。

そこへ、近づいてきた唇がぬるりと耳朶を舐める。

「ずっとこの時を待っていた」

首筋に吸いついた唇から逃れようと白菊は固く目を瞑《つむ》り、顎を逸らせた。

「共に桃源郷《とうげんきょう》へ行こう。ね、白菊」

「あぁ――っ！」

喉元に噛みつかれた痛苦《つうく》に悶えた。男は容赦なく体内をかき混ぜてくる。肌のぶつかる音が激しさを増し、いよいよ男の欲望が肥大《ひだい》したように感じた。

終わりの予感に、秘部がやめないでと言わんばかりに剛直に絡みつく。野蛮《やばん》な男がもたらす悦楽に体だけが呑み込まれていく。

(嫌、嫌っ、嫌……っ)

「嫌ぁぁぁ――っ!!」

迸《ほとばし》る絶叫の中、男は再び吐精した。


じじ…と燈台の灯心が燃え尽きる音がした。

薄闇を照らしていた心許ない灯りが消えると、空間は闇へ塗り替えられていく。

男が体の中から出て行くと、抱えられていた足が崩れ落ちた。蜜穴から放たれた精がとろとろと流れ落ちる感覚がする。

(穢《けが》された)

それも一度どころではない。幾度、男に精を注ぎ込まれただろう。

都を守る為に在ったこの身を賊に犯されてしまった。

（あぁ、人柱は生娘でなければいけないのに）

虚ろな目をした白菊は、見るともなく闇に沈んだ空間を眺《なが》めていた。

これが夢ならどれほどよかっただろう。

男は白菊の内股を伝う子種を満足げに見つめながら、再度肌を寄せてくる。そっと白菊を起こすと、胡坐《あぐら》をかいた膝の上に横抱きにして乗せた。

汗ばんだ男の肌が気持ち悪い。けれど、疲弊《ひへい》しきった体は指一本動かせなかった。上機嫌で抱きしめた白菊の耳殻《じかく》を啄《ついば》んでいるくらいだ。男は白菊が不快感に眉を顰《ひそ》めたことにも気づいていない。

「愛しい子、ずっとこの時を待ちわびていたんだよ」

浮かれた声だ。

「何度、矢も楯もたまらず攫ってしまいたいと思ったか。あの桜の木にお前の髪が結んであるのを見つけた時、飛び上がるほど嬉しかった。白菊はちゃんと約束を覚えていてくれたんだね」

嬉しそうな男の言葉が耳を通り抜けていく。

（桜の木？　約束？）

けれど、今はそれを尋ねる気力もない。

（あぁ、気持ち悪いわ……）

目に映るもの、体に触れるもの、聞こえる音、匂い、白菊の周りにあるものすべてに嫌悪感を覚えた。

宙を漂っていた視線が何気なく鬼の面を捉えた。男は白菊の視線を辿り、「あれが」と含み笑いをする。

「怖かったか？　ん？」

白菊は何の反応も返さなかった。

身に起こったことすら受け止められずにいるのに、どこに男の問いかけに答えられる余裕があるというのか。

(面が怖いかですって？　――くだらないわ)

今更そんなこと、どうだっていい。

同じ姿勢でいると、下腹部辺りからくる疼痛《とうつう》が血脈に乗って広がっていく。男が散々抉っていた場所がじくじくと痛み、爛れているみたいだった。まだ陰部に魔羅が挟まっているような違和感に顔を顰めた。

どうしてこんな目に遭わなければいけないのだろう。

悲しいのに、涙も出てこなかった。

「大丈夫。もう寂しくないよ。これからは俺がずっと傍にいて昔のようにお前を守ってやれる」

(あぁ、……苛々《いらいら》する)

なんて耳障りな声だ。

まるで以前から顔見知りである風な口ぶりで語る男の戯言《たわごと》をあざ笑うと、途端に身に起こったことすべてがくだらなく思えてきた。クックッと笑いが零れたら止まらなくなった。

「く……あはははっ」

突然笑い出した白菊を男は不思議そうに覗き込んだ。

「白菊？」

呼ばれて、おもむろに男を振り仰いだ。目が合うと、男が目尻を下げた。嬉しそうに笑うものだ。睫毛《まつげ》を青い目に少し被せながら、ゆるりと男が顔を近づけてきた。

唇に男の唇が重なった。口腔《こうくう》に舌が侵入してきた刹那、思いきりそれに歯を立てた。一瞬、体を囲う腕の力が緩む。白菊は力いっぱい男を押しやった。

「白ぎ……」

すぐさま男の頬を平手で打った。小気味よい音が闇に沁《し》みる。

初めて人をぶったのに、心はちくりとも痛まない。当たり前だ、白菊が叩いたのは人ではなく鬼。そんなものを気にかける必要がどこにある。

(私は都の守り人)

どれほどこの身が鬼の穢れた精で汚《よご》されようとも、心まで踏み躙《にじ》られてなるものか。

白菊には果たさなければならない天命があるのだ。

恐れを矜持《きょうじ》でねじ伏せ、男を睨みつけた。

「お前は、誰!?」

男は静かに顔を戻すと、また白菊に手を伸ばした。

「名を……名を名乗りなさい、無礼者！」

「白菊は怒った姿も愛らしいなぁ。もっとたくさん声を聞かせて」

「よ、寄らないでっ!!」

ぞっとして、伸ばされた手を邪険に払った。すると、「もっと叩いて」ととんでもないことを言ってくる。陶酔《とうすい》しきった表情に怖気が走った。

男に捕まる前に、今度こそ戸口から外へ飛び出した。待ち構えていたように雨が白菊を濡らし、峰から降りてくる風が髪をなびかせた。

「な――っ!?」

目に飛び込んできた光景に絶句する。

そこは白菊の想像を凌駕した場所だった。

季節は夏の盛りだというのに、体を通り過ぎていく風のなんと冷たいことか。裸体を刺す夜風にぶるりと震えた。

白菊が捕《と》らえられていた場所は、切り立った崖に作られた家屋《かおく》だった。和国では珍しい弁柄色《べんがらいろ》の外壁をした建物は僅かな敷地いっぱいに建っている。逃げ出すには八尺ほど行った崖沿いの小道を行くしかない。ただし、人ひとりがぎりぎり通れるほどの道に手すらしきものもなく、足を滑らせれば谷底に真っ逆さまだ。

（なんというところなの）

あんな道をどうやって渡るというのか。

立ち竦んでいると、「あ～ぁ、そのような恰好で」と間延びした口調で男が出てきた。振り返れば、男は掛布代わりにしていた女物の着物を着崩して、窺い顔で戸口の桟《さん》に寄りかかっている。傍にはいつからそこに居たのか、見慣れぬ男もいた。白菊を穢した男よりもひと回り大きな体躯《たいく》の男は、吹きつける風からあの男を守るように立っている。その濡れた着衣が大男の外にいた時間の長さを物語っていた。

「朴《ぼく》、逃がすなと言っただろう」

軽い窘めに、朴と呼ばれた大男が無言で頭を下げた。

白菊は羞恥に体を赤く染め上げ、男達の視線から隠すように両手で体を抱きしめた。

「それで、逃げないのか？」

朴を従え、男はあけすけな挑発をしてきた。

逃げられるものなら、やってみろ。

お前にはできないだろう、と言わんばかりの嘲笑《ちょうしょう》の視線に萎《しぼ》みかけていた自尊心を奮い立たせた。寒さと恐怖心に耐えながら岩壁を頼りに小道への一歩を踏み出す。

途端、横風が白菊の体を攫った。素足にあたった小石がひとつ、カラン…と崖下へ落ちた。

「ひっ」

喉の奥から引き攣った声が出た。小石に引きずられ、そのまま体が放り出されそうな錯覚に足が竦む。そうなれば、もう一歩も動けなくなった。

　震え上がるほどの恐怖が体を強張らせている。足場の限られていることがこれほど恐ろしく心許ないものだなんて知らなかった。

　そんな白菊を後ろで見ていた男が「それ見ろ」と言わんばかりに近づくと、問答無用で白菊の腰を攫った。

「や……ッ、離して‼」

「俺は莉汪《りおう》。ほら言ってごらん、り・お・う」

「どうして私がお前の名を呼ばなくてはいけないの⁉」

「白菊が名前を名乗らないのは無礼だと言ったからでしょ。さあ、おいで。ここは冷える」

　莉汪はひょいと白菊を小脇に抱えると、再び弁柄色の家屋の中へ戻っていく。

「さ、触らないで！　離せ離せ離せ離せ――っ」

　四肢をバタつかせて暴れれば、「あ～ぁ、とんだじゃじゃうまに育ったもんだ」と苦笑交じりに呆れられた。濡れた体のまま、寝乱れた褥《しとね》の上に戻される。莉汪は二の腕を白菊の両横について体で囲うような体勢を取りながら、綺麗な色をした目をすぐ傍まで近づけてきた。

　均整の取れた顔立ちはハッとするほど雅で、蠱惑的《こわくてき》だ。男性でありながら妖艶さを漂わす莉汪の輪郭《りんかく》を髪から滴る雨の滴がツ…と伝い流れていく。

なんという壮絶な色香《いろか》なのだろう。

「白菊、俺の名を呼んでおくれ」

彼の息が唇にあたった。莉汪の迫力に思わず体を引いて後ずさった。腕を摑まれ、ビクリと体が跳ねる。

「は、離して！」

咄嗟にその手を振り払った。

「触るな、離れろ。白菊が口にするのは拒絶の言葉ばかりだな。それはそれで愛らしいけれど、俺は素直に甘えてくれる白菊が見たい」

楽しげな口ぶりで、白菊の発した恫喝《どうかつ》を笑い飛ばした。白菊の虚勢など何ら怖くないということか。

「――っ、ここはどこなの!?」

「ここは矢科山。俺達はこの山をねぐらにしている山賊だ」

「山賊」の言葉に、やはりと奥歯を嚙んだ。

無造作に床に置かれたままの鬼の仮面が視界の端に映る。

「じゃあ、お前が鬼……」

「都で俺は〝矢科の鬼〟と呼ばれているそうだね」

艶やかに笑う莉汪を白菊は睨みつけたまま唸った。

「――〝矢科の鬼は人をも喰らう〟。その通りだったわ」

莉汪は「へぇ」と目を眇《すが》める。

「私の首もいずれ都の門前に、討伐隊の人達みたいに並べるつもり？　盗賊なんて……、人を不幸にするのがそれほどまでに楽しいのっ!?」

「楽しくはないさ。必要だからしているだけで。あぁ、でも嫌いでもな……」

再び、莉汪の頬で派手な音が鳴った。

「お前達は誰を攫ってきたのかまるで分かってないのねっ。私は都の守り人となる者。私が九竜川の怒りを鎮めなければ都は大変なことになるのよ！」

「大変なことねぇ」

横を向いたまま、莉汪が白けた声を出した。

「何が言いたいの！」

「必死だなと思っただけさ」

あけすけな侮蔑《ぶべつ》にカッと頭に血が上った。もう一度手を振り上げ、莉汪の横っ面を再度叩いた。

「私を愚弄《ぐろう》するなど……、この罰当たり！　今すぐ屋敷へ戻して!!」

「莉汪」

「……は？」

「〝は〟ではなく、莉汪。それが俺の名だ。呼んでと言ってるだろう？」

くだらない要求に我慢が限界を超えた。莉汪は自分のしたことの重大さをまるで認識していない。口惜しさのあまりまた手を振り上げるが、莉汪は身構える素振りすら見せない。なぜだ。白菊程度の細腕で殴られても大したことはないとでも言いたいのか。腸《はらわた》が煮えくり返りそうなふてぶてしさに、怒りで我を忘れそうになる。こんな侮辱は初めてだ。が、次の瞬間。

「嬉しいよ、もっと俺に触れておくれ」

その言葉に怒りが一瞬にして消えた。

痛みを伴ってでも触れてくれとせがむ姿に唖然とする。

(何なの、この人)

莉汪と話していると、白菊の常識が間違っているのかと思ってしまう。ここに来てからずっと莉汪に振り回されどおしだ。

殴れば莉汪を喜ばせる。けれど、振り上げた手をむざむざ下げるのも癪《しゃく》に障る。行き場をなくした手をギュッと握り、やりきれなさを存分に込めて莉汪を睨みつけた。

莉汪はそんな白菊を前にしても嬉しそうで、拳に手を重ね合わせると甘える仕草で額に額を合わせてきた。

「会いたかった」

目を閉じ、吐息交じりに囁いた。

腰骨辺りから生まれた嫌悪感が背筋を駆け上がる。握り込まれた手を振り払おうとするがびくともしない。

「ようやくだよ。この日をどれほど待ちわびたか」

近づいてきた唇に、白菊は顎を引いて嫌がった。すると莉汪は目を開け、「恥ずかしい？」と尋ねてくる。

陶然《とうぜん》とした声音と恍惚の表情は、艶やかにその美貌を彩った。

ぞくり、と寒気がした。

常人では到底理解できない思考を持ち、我欲の赴くまま行動する。

これが矢科の鬼なのか。

青色の目に宿る歓喜に薄気味悪さを覚えた。

白菊を拉致し、こんな孤立無援な場所に隔離し犯した。白菊の体に子種をまき散らし、極上の微笑を湛えて「孕め」と嘯く。

――怖い。

目の前にいる男に底知れぬ恐怖を覚えた。それは、凌辱されていた時のような荒々しい恐怖ではなく、とこしえの冷気を孕んだ静かな畏怖。

莉汪には白菊が見えていない。青い目は美しいだけで、実際は何も映してはいないに違いない。

だが、果たしてそんな人間がいるだろうか。

体の奥底から震えがこみ上げてきた。鼓動が高鳴り体中の毛孔から嫌な汗が滲み出す。

なのに、指先から体が冷えていった。

理屈ではなく、本能が莉汪に怯えている。

「離して……」

吐き出したか細い拒絶に、莉汪は妖艶な笑みを見せる。

「手に入れた」

腰に莉汪の腕が絡まり、抱きしめられる。

「可愛い白菊、俺の愛しい子」

「嫌……、嫌」

拳から手を離した莉汪の手が太腿を這う。指が秘部へ滑る。蜜口を探り、ぬるりと中へ潜りこんだ。

「――――ぃッ」

「あぁ……、熱い」

抜き挿しするたびに水音が響く。指が二本に増えた。

「柔らかくて、少しざらざらしていて。この中で締めつけられる快感を想像するだけで……ほら、こんなに硬くなった」

耳元で莉汪の興奮した息遣いが聞こえる。無理矢理手を彼の股間へ宛てがわれた。

「嫌、嫌……っ」

夢中で首を振り莉汪を押しやる。腕の拘束から逃れようともがくほど、莉汪が興奮していくのを感じる。忙しなく莉汪が着物を捲《まく》った。取り出した昂りは隆々と天を向いている。

「嘘、やめ……て。嫌、もう嫌よ」

脇を抱えられ胡坐をかいた彼の膝の上に降ろされる。秘部に宛てがわれた熱い塊に喉がひくついた。

「お願い、やめて……、もう入れないで」

白菊に向ける莉汪の眼差しはどこまでも愛おしさに満ちている。

ぐっと亀頭が蜜口を押し開いた。

「い……ぁあ！　やだ、やだぁぁっ……、あぁっ！」

上半身に絡みついた腕が逃げる白菊を押さえつけた。めり込む音が聞こえてきそうな質量が蜜襞を擦りながら奥へと進んでくる。

「あ……、あ……。や……だ、あっ……ぃぃっ」

爪を立て、涙目になって堪えた。

「……ぅ、うぅ……っ。ひぁぁっ！」

完全に座り込む恰好になるのと同時に、莉汪のものが最奥を突いた。ひ…っと両目を見開き、体の中に収めた灼熱の楔に怯える。

「苦しいか？」

慰《なぐさ》めを囁き、仰向かせた白菊の額に莉汪が口づけた。凶暴な肉の棒の形に粘膜が歪んでいる。息をするのもやっとの状態でいると、莉汪が先ほどとは別の酒瓶を呷《あお》るのが見えた。

こちらを流し見た視線に嫌な予感を覚えた刹那。

ていた。

「んーーっ!!」

ごくりと流し込まれた酒を嚥下《えんか》する。カッと喉を焼く熱さに噎《む》せた。体の中を流れていく酒が五臓六腑《ごぞうろっぷ》に染み渡ると、全身が熱くなった。咳が治まる頃には、頭がぼんやりとしていた。

霞み出した視界で辛うじて莉汪を捉える。

「……ねがい、……いて」

「あぁ、動いてやろう」

「ーーッ!?　や……、違。あ……あっ」

両手で腰を摑まれ、ゆっくりと上下に揺さぶられた。そのたびに、粘膜を熱い怒張が擦る。亀頭のくびれた部分が生む刺激に、目の裏がちかちかした。

(違う、そうじゃなくて……っ)

白菊は「抜いて」と言ったのだ。自分に都合のいい解釈をする莉汪がひたすら恨めしい。どうして白菊の言葉は彼には届かないのか。

繋がった部分からは、先ほど莉汪が放った子種が掻き出され溢れてきている。肌がぶつかる音と体液の立てる音が鼓膜を犯し、心を傷つけていく。

「やめ……やめて。お願い……嫌な……の」

目を見開いたまま、白菊は懇願を続けた。突き上げられる振動が辛い。中を擦られるたびに、溜まっている子種がぐちゃぐちゃとかき混ぜられる感覚が気持ち悪くて、それが気

持ちいいと思った。いよいよ思考がどうにかなってしまったらしい。

まだ下腹部の疼痛だってあるのに、どうしようもなく気持ちいいのだ。

揺さぶられるほど、体は甘美な刺激に呑み込まれる。絶望に堕ちていく。

(怖い、助けて。誰か助けて……っ)

肌には血色の花がたくさん散っている。莉汪はまだ足りないと言わんばかりにそこに花を描き足し、恍惚の眼差しでそれを見つめた。

揺さぶられるごとに、大事なものが削げ落ちていく。

莉汪の感触も温もりもすべてが不快で快感だった。

(嫌、嫌……、嫌っ!!)

「ひ……、ぐ……ぅ」

急激にこみ上げてきた嘔吐感を唾で飲み込み、歯を食いしばることで堪えた。生理的な涙が絶えることなく頬を伝う。閉じることを忘れた目が揺れる景色を映していた。

(雨の音が聞こえる……)

体の中をかき回す男根が脈打つ。終わりを予感させる鼓動に白菊は夢中で首を振って嫌だと訴えた。

(これ以上、穢さないで)

「寂しくないよ」

拒絶を催促《さいそく》と受け取った莉汪が、背中を撫でてあやす。まるで届かない願いに白菊はまた涙した。

「駄……目、これ以上出さないで。嫌……ぁ、あっ、あ……っ」

「ずっと繋がっていたいよ」

褥に組み敷かれ、莉汪が激しく腰を振る。蜜壁が摩擦熱で溶かされ、爛れていく。灼熱の刺激に血脈が沸騰する。腰骨に響く振動が頭の中まで揺らし、両手を褥に縫いつける手が強く握りしめられた刹那、吐精と共に白菊は酒を口から吐き出した。

三章　囚われの身

体が熱い。腹の中で紅蓮《ぐれん》の炎が蠢いているみたいだ。

辛い、苦しい。

どうしてこんな目に遭わなければいけないの。

逃れたい、救われたい。

心が上げる悲鳴が呼び水となり、蓋をしていた嫌な思い出が記憶の底から這い出てきた。

『——お前を見ていると苛々するのぉ』

その言葉はもうずっと昔に投げつけられたものなのに、思い出すたびに心を傷つけた。

あれは冬から春へと移り変わる頃だった。

手にはこの日の為に摘んだ花を、心には冬の間中温めていた母への思いを抱えて、母の屋敷を訪ねた。

（今回こそ上手く話せますように）

今日こそ母の笑った声が聞きたい。

毎回そう思って訪ねるのだけれど、どうしても母の前に行くと言葉が上手く出てこなかった。母の纏う空気に緊張してしまう。二人の間を隔てる見えない壁のようなものがあって、それがまるで白菊を拒絶しているように感じてしまうのだ。

（ううん、そんなはずないわ）

そう思ってしまうのは、きっと白菊が母に対して身構えてしまうからに違いない。

許してもらえるのなら、覚えた碁《ご》で母と遊びたい。母の前で披露しようとこの冬の間にたくさん歌も詠んだ。貝合わせだってできるようになった。

話したいこと、尋ねたいことも繰り返し声に出して練習してきたから、今回こそ口籠もることもないはずだ。なのに――。

お母様、もうすぐ桜の花が咲きます。一緒に見に行きませんか。

何度も喉まで出かかった言葉をなかなか口に出せずにいた白菊は、屏障具越しに聞こえた溜め息交じりのぼやきに耳を疑った。

「――え」

母の前では努めて笑顔を作っていた白菊の表情が一瞬歪んだ。

それを見た母が、薄い布越しから嫌そうに顔を顰めたのを感じた。

「あぁ、気分が悪い。――誰か、ここへ」

パチンと扇を閉じ、母が人を呼んだ。すぐに母付きの女房の藤江が白菊達のいる奥座敷へやってくる。母は「下がらせて」と短く命じた。

「畏《かしこ》まりました」

藤江は一瞬だけ白菊を見て、恭《うやうや》しく頭《こうべ》を垂れた。その後、視線だけで立つよう促される。

（あ……、私、また失敗したんだわ）

白菊がもたもたしているから、母の機嫌を損ねてしまったのだ。

これでまた夏の始まりまで待たなければいけなくなった。

不甲斐なさから白菊は身を小さくして俯いた。

雪が溶けたら。

前回言われた言葉を心の拠り所とし、白菊は指折りその日を数えながら冬を越した。溶けた雪が雪解けの水に変わるのを待って母に会いに来た。小さな胸は喜びと期待でいっぱいだった。

屋敷にくる途中ですれ違った母子の姿に自分と母との姿を重ねて、ひとり喜びの予感に打ち震えていた。

自分達もあの母子のように散歩ができるかもしれない。

そう思ってしまうほど、待ち望んだ時間は白菊に過大な夢を抱かせたのだ。

なのに、現実はどうだ。

「お母さ……」

諦め切れなくて、言い寄ろうとした白菊を藤江が無言で諫《いさ》めた。

これ以上、醜態を晒《さら》すな。

見据えた目がそう言っていた。

（どうして、お母様……）

苛々する、気分が悪い。

母の心無い言葉が胸に突き刺さった。ともすれば、そのまま心が砕け散ってしまいそうなほどの威力と、それを告げた母に愕然とする。

母の前に出ると思いばかりが先走って、滑らかに話せなくなる。そうしているうちに母が退屈しているのを感じてますます焦った。何を話せばいいのか分からなくなり、吃音《きつおん》だらけの言葉しか出なくなるのだ。失敗しないようにと何度も練習してきたのに、どうして上手くできないのだろう。

「これを持って帰りなさい」

落胆したまま屋敷を出ようとする白菊に、藤江が小さな包みを差し出した。子供の手に収めるには少し大きなそれを白菊は受け取る気にはなれなかった。俯いたまま、渡しそびれた花を握りしめていると、藤江は花を抜き取り代わりに包みを握らせた。

「行きなさい。精進するのよ」

押し出されるまま、足を動かした。

（これ以上、何を精進しろと言うの）

のそり、のそりと歩くも体が重い。それ以上に心が重たかった。

背を向けた白菊の後ろで、藤江が待機していた護衛に「行きなさい」と指示を発していた。

(お母様)

堪えていた涙が一粒、地面に落ちた。また一粒、今度は二粒。止められなくなった涙がぽたぽたと零れていく。

ふと視界に藤江がくれた包みが映った。感触と重みからして多分中身は菓子だろう。広げてみれば、案の定だった。

(——お母様の好きなお菓子)

屋敷へ行くと決まってこればかりが出てくるから、藤江に聞いたことがあった。すると、母の好物だと教えてくれた。

それから白菊もこの菓子を好きだと言うようにしていた。母が好きな物だから好きになろうと思った。同じ物を好きになれば、それだけ母に近づける気がしたからだ。

(でも、本当はちっとも好きになれないの)

皮の部分のぼそぼそした食感が口の中の水分を全部とられていくようで食べにくい。そのくせ中の餡はやたら甘いばかりで、いったい母はこれの何が好きなのだろう。

でも、今の白菊がどれだけ考えても分かるはずがない。たわいない疑問すら聞けずにいるのだ。

それでなくても一年でたった三度しか会えないのに、それで母の何を知れるだろう。言葉も交わせない、顔を見せれば苛立たせてしまう。血という絆で繋がっているが、言い換えれば自分達を繋ぐものはそれしかなかった。

(次は会ってもらえるかしら)

苛々すると言われたばかりだ。もしかしたら、もう今年は会うことは叶わないかもしれない。

(ごめんなさい、ごめんなさいお母様)

お願いだから、嫌いにならないで。

今度こそ上手く話せるようになるから。機嫌を損ねないようもっと上手に立ち振る舞えるようになるから。だから、会いたくないとだけは言わないで。

家路を行く白菊の前を母子が手を繋いで歩いてきた。母親は背中に籠を背負い、幼子の手を引いている。母を訪ねる時に見たあの親子だ。都で商《あきな》いをしに来ていたのだろう。籠は空っぽになっているのに、母親の表情は浮かなかった。

「今日はお菓子を買ってくれるって言ったぁ」

幼子はぐずぐずと鼻を啜り、愚痴を零している。

「仕方がないだろ、野菜が値切られちまったんだから」

「母ちゃんの嘘つきぃ……」

「男の子がいつまでも泣くんじゃないよ」

「うわぁぁぁ――っ」

叱られ、幼子は堰《せき》を切ったように泣き出した。母親はうんざりした顔をしながらも、泣く子を抱き上げて立ち止まった白菊の横を通り過ぎていく。

(――いいな)

白菊の視線は抱きしめられている子に注がれていた。

自分はあの子より綺麗な着物を着ている。贅沢な暮らしぶりではないが、明日食べる物に困ったこともない。

なのに、白菊には自分よりもあの子の方がはるかに幸せな気がした。白菊には叱ってくれる人はいない。手を繋いでくれる人も、約束を交わせる者も、抱き上げてくれる人もいない。

(私は都の守り人。特別なの、だからひとりぼっちでも我慢するの)

白菊は包みをじっと見つめ、思い立ったように母子を追いかけた。

母親の前に回り込み、持っていた菓子の包みを差し出す。母親は無言で差し出されたそれを怪訝《けげん》そうに見た。

「――あげる」

白菊の声に幼子が顔を上げた。白菊が差し出したものを見るなり、ぱぁっと頬を紅潮《こうちょう》させる。

なんて幸せそうに笑うのだろう。

真っ新な新雪よりも眩しい笑顔に、今自分がしている行為への後ろめたさを覚えた。自分よりももっと小さな手に菓子を押し込み、母親の引き止める言葉も振り切り駆け出した。

「お姉ちゃん、ありがとう！」

背中で幼子の声を聞いた。

礼を言われることはひとつもしていない。菓子をあげたのは、あの子が不憫だったからじゃない。あれは、今日白菊が母に拒絶された証だ。そんなものをいつまでも持っていたくなかったし、好きな菓子でもない。

白菊にとってはいらないものだから。

菓子をあげることで、自分が可哀相な子であることを否定したかった。一瞬でも幼子を羨ましいと思った気持ちを消したかった。

だから、感謝などしないで。

（私は可哀相な子なんかじゃない――っ）

屋敷へ逃げ帰り、白菊は部屋の片隅に蹲って泣いた。

使用人が膳を持ってきたけれど、とても喉を通りそうになかった。母に拒絶されたことが悲しくて、ひとりぼっちなのが寂しかった。

夜が更ける前、寝屋の準備をしにきた使用人が手の付けていない膳を見て物言いたげな様子を見せたが、それすらも無視した。今は誰とも目を合わせたくない。

優しくしてほしい。

抱きしめてほしい。

自分は高望みをしすぎているのだろうか。愛されたいと願うのはいけないことなのか。

母はどうして白菊に冷たいのだろう。

少しでも長く一緒にいたいと思うのは自分だけなのだろうか。

(お母様は私と会えなくても平気なの?)

苛々すると言われた言葉が、また心を刺した。

(痛い)

それでも、ぎゅっと強く膝を抱きしめ孤独に耐えるしかない。

(大丈夫……。私は都の守り人、特別なんだもの)

特別の意味も守り人の役目も知らないくせに、痛苦から逃れたい一心で白菊はその言葉を呟き続ける。けれど、「特別」という言葉が孕む棘《とげ》がいちいち心を抉り、消えない傷が増えていこうとも白菊にはどうすることもできない。

我慢すること。

それだけが白菊にできることだった。

——でも、辛い。

決して口に出せない本音が喉の内側を熱くさせる。

なぜ自分には誰もいないのだろう。

悲しみに沈みかけた時だ。

『……ぎく』

不意に誰かが自分を呼ぶ声がした。ハッとして辺りを見渡すが誰もいない。

(幻聴だったのかしら……)

誰の声かも分からなかったが、なぜだろう。呼ばれた時、心が温かくなった。同時に不思議な感覚が体を包んだ。

誰かに抱きしめられた気がしたからだ。けれど、すぐにその体感を否定する。白菊が覚えている限り、誰にも抱きしめられたことがないのだ。

(そんなはずないわ。だって私はひとりぼっちだもの)

それとも、記憶にも留められないほど幼い頃に与えられた温もりなのだろうか。

瞼には先ほど見た母子の姿がこびりついていた。

抱きしめてくれる人がいる幸せをあの子は気づいていない。叱られながらも当然のように母に抱きしめられていた幼子がどれだけ羨ましかったことか。

思い出すと、また涙が溢れた。

「お母様……」

白菊の嘆きは夜暗に滲んで消えた。

翌朝、白菊の枕元に薄桃色をした桜の花が一輪置いてあった。床に入った覚えがないことも訝《いぶか》しみつつ、それを手に取る。

いつ摘まれたのだろう。

少し萎れた花を手のひらに載せると、心の中がじわりと温かくなった。

使用人だろうか。いいや、この屋敷に白菊を案じてくれる者はいない。

では、誰が？

白菊はじっと物言わぬ花を見つめた。

誰かが白菊を床まで運び、花を置いていった。

白菊は辺りを見渡す。起き上がり、花を手に障子を開けて外を見遣った。春先の涼やかな朝の風が頬を撫でる。澄み切った空はなんと晴れ晴れとしているのだろう。

屋敷近くにある桜の大木はちらほらと花をつけ始めていた。

(もしかしてこの花はあの木のもの？)

——元気を出して。

春風に乗って誰かの声を聞いた気がした。


「あ……、くっ。うぅ……ん、ふ……ぁ、あっ！」

ぴちゃり、と秘部から水音が立つ。ぬるりとした舌に舐め上げられ、嬌声が出た。

思い出に意識を逸らせていられたのも、一時。二本の指が執拗《しつよう》に体の中をかき回している。指が挿入を繰り返すたびに蜜と白濁が混じり合ったものが掻き出される。内股を伝い、褥を濡らした。

ず……ずず……。

「やめ……やぁっ！」

褥に顔を擦りつけながら、悲鳴を上げた。

莉汪はわざと音を立てて、垂れたそれらを啜る。それが白菊の自尊心をへし折る行為だと知っているのか、己が放った残滓《ざんし》ごと飲み込んだ。

白菊はそんな莉汪がおぞましくて仕方がない。あんな場所に口をつけて体液を嚥下できる莉汪はまともじゃない。

不意にざらついた感触が離れた。代わりに宛てがわれた熱い肉の塊に、白菊は目を剝いて肩越しに振り返る。

怒張し雄々しくそそり立つものが、まさに陰部へ入り込もうとしていた。

「もっ、やだ……っ。さっきもいっぱい……あ……ぁ、あぁ……っ」

思わず這って逃げ出そうとする白菊の腰を莉汪が捕まえて固定する。亀頭が蜜口にめり込めば、もう逃げ出せない。肌がぶつかるまで深く押し入られると、すぐに律動が始まった。

がくがくと体が揺れる。擦られる粘膜から生まれる刺激が体に充満する。汗に混じり、莉汪の体からは香の甘さが際立つ。

何度犯されても慣れない凶悪な質量は苦しかった。

「は……っ、やめて。気持ち悪い……の」

異物が体の中を蠢く感覚がおぞましい。最奥を突かれる熱い感触も、粘膜を擦られる刺激も何もかもが不快だった。

揺さぶられながらも拒絶を口にすると、うなじに歯を立てられた。

「あぁっ!!」

喘ぎ、やめてと首を振る。背中から覆い被さられる体勢に体は一層密着した。根元まで埋め込まれた欲望はここが己の場所だと存在を主張している。内臓を押し上げられる圧迫感に目の前に銀色の閃光が瞬く。「あ……あ……」と怯えが口から零れ落ちた。

「白菊、俺の名を呼んでおくれ」

うなじから耳朶まで舐め上げた舌が耳殻に触れた。

「誰……が、お前……なんかの」

「言って」

「い……や。――んんっ!!」

拒絶を口走った傍から顔を横に向けさせられ唇を奪われる。絡め取られた舌先に歯を立てられ、走った細い刺激に秘部がきゅっと締まった。

体に絡みついている腕に一瞬力が籠もる。舌を吸われながら腰を打ち付けられる。強く抱きしめられると莉汪の鼓動が伝わってくる。呼吸も体液も温もりもすべてが混ざり合い、目の前が真っ白になった直後、体の奥に熱い精が注ぎ込まれた。

カタン…と、物音に意識が掬われた。

目を開ければ、相も変わらず薄闇を照らす燈台の灯りが見えた。

重い体を起こして見るが、莉汪の姿はなかった。物音は彼が部屋を出て行った時のものだ。

『安心しておやすみよ、俺の愛しい子』

意識が途切れる間際に言われた言葉を思い出す。

ふざけたことを。

この場にあるのは恐怖だけじゃないか。

鼓膜に残る声を打ち消したくて、乱暴に耳を擦る。

(誰が愛しい子よ)

莉汪は言葉の節々に白菊を知っている風な素振りを匂わせてくる。

ならば、なぜ自分は彼を覚えていないのか。決まっている、はじめから知らないからだ。

莉汪ほど独特な風貌をした男を見忘れるはずがない。

彼が何を企んでいるのかなど白菊の知ったところではない。莉汪のことは一瞬でも考えたくなかった。

ひとりになったことにホッとして、褥に体を沈めた。

汗を吸ったそれからは、莉汪の匂いがした。香木特有のその甘い香りはここへ来るまであまり嗅いだことのないものだった。きっとどこかの豪族から奪ってきたものに違いない。

(嫌な匂い)

嗅いでいると妙に気持ちが騒ぐ。

どうにもこの香りと自分がどこかで繋がっているような気がしてならないのだ。

(それが約束なの?)

莉汪の言葉が一瞬頭を過《よぎ》るもどうして鬼の言葉などに耳を傾けられるというのか。

(あんな人、知らない。誰でもいいからここから出して)

弁柄色の家屋は、その内側も赤い漆喰《しっくい》が塗られている。しかし、その中は実に殺風景だった。あるのは板間に置かれた畳と、その上に敷かれた褥、そしてその周りに転がる酒瓶くらいだ。もとは何をする為の建物だったのだろう。

閉ざされた孤立無援の空間で、じわじわと飼い殺されていくことは心を喰われていくみたいだ。

雨続きのせいか部屋全体の空気がひんやりとしている。廂《ひさし》から零れ落ちる雨の滴が規則的に地面を叩く。

ひとつ、ふたつ、みっつ。

よっつ目を数えたところで、格子《こうし》窓の向こうにやたら大きな蜘蛛の巣を見つけた。雨に濡れない場所に巣を張ったのだろうが、ところどころ吹きつける風に流れてきた雨の滴が巣にかかり、キラキラと輝いていた。

その真ん中に座する巣の主は、見たことがないくらい大きな女郎《じょろう》蜘蛛だった。

（可哀相に）

どれだけ待ってもこんな断崖絶壁で獲物がかかるはずがないのに、それが理であると言わんばかりに巣を張る蜘蛛を愚かだと思った。よもやこんな辺境の地に桃源郷があるとでも思ったのか。あるのは山賊のねぐらと女を囲う牢獄だけ。

何を夢見て蜘蛛はここまで来たのだろう。そこまでして生きたいものなのか。

黄色と黒の縞模様の体は身じろぎもしない。巣の真ん中でじっとしている様は静かで、不思議とずっと見ていたくなる。赤い腹が随分と大きかった。

そこへふらりと白いものがやってきた。

蝶《ちょう》だ。こんな雨の中、なぜ蝶が飛んでいるのか。蝶は吸い寄せられるように蜘蛛の巣にかかった。羽をばたつかせ必死にもがいている。

不憫な蝶に薄笑いが零れた。

あの蝶は賊に囚われ慰み者にされていった女達だ。

山賊に拉致された女達は皆この屈辱を味わっていたのだろう。好いてもいない男に無理矢理体を開かされ、その身を傲慢な精で穢される。存在するのは男のひとりよがりな欲望だけで、凌辱される女達は人とも思われていない。

この後、自分はどうなってしまうのだろう。

莉汪はずっと傍にいると言った。

（いつまで？　あの男が私に飽きるまでなの）

視界の先には置きっぱなしにされた鬼の面があった。ぼんやりとそれを見つめていると、滲んだ涙が頬を伝った。

口惜しさからギュッと褥を握りしめる。

何もできない自分が惨めだった。このまま莉汪の好き勝手にされるしかないのだろうか。慰み者になり、その後は？

山賊に攫われた女が戻ってきた話など聞いたことがない。

（——殺されるのね）

いつぞやの討伐隊の首を都の入り口に晒したように、いずれ自分も殺される。そのことを問い詰めた時、莉汪は否定しなかった。

（そんなの嫌よ）

自分には持って生まれた使命がある。こんなところで死ぬわけにはいかないのだ。

（逃げなくては）

あの男から必ず逃げおおせてみせる。そして、必ず天命を全《まっと》うするの。だって私はその為に生まれてきた「特別」な存在なのだから。

けれど、その為の術《すべ》がない。逃げ道はあの岩壁沿いの小道だけ。あのような場所、どうやって渡ればいいのだろう。

（あの男はどうやって来るのかしら？）

もしかして、他にも道があるのだろうか。

疑問に思った白菊はだるい体をおして立ち上がった。よろめきながら、格子の張られている窓から外を確かめた。が、家屋は敷地いっぱいに建てられている。仮に道があったとしても、建物の裏手に回ることなどできそうになかった。

部屋の中に秘密の抜け道があるのかと探るが、それらしいものも見当たらない。やはり、あの小道だけが唯一の逃げ道なのだ。

しかし、莉汪が部屋を出て行ったということは、ここではないどこかへ出かけたということ。つまり、必ずあの道を通るということだ。

莉汪があそこを渡るところを見ることができれば、きっと逃げ出せる手がかりも見つかるに違いない。

それは混沌の中で見つけたたったひとつの希望だった。

手に入れる為に必要なのは、何だろう。違えれば次はない。

(絶対に逃げ出してみせる)

格子越しに小道を見つめ、白菊は静かに闘志を燃やした。


それからの白菊はどうにかして莉汪が小道を渡る姿を見ようと必死だった。

けれど、莉汪がこの部屋を出て行くのは白菊を抱いた後。しかも莉汪は白菊が意識を失うまでしつこく責め立てるものだから、なかなか機会が巡ってこなかった。

だからといって、従順なふりをすれば白菊の思惑を勘ぐられてしまうかもしれない。悶々とした思いを燻《くすぶ》らせながら幾晩かが過ぎた夜。思いがけなく〝その時〟がやってきた。

莉汪が出て行った物音に目が覚め、急いで窓の隅から外を窺い見た。

(誰かいる……)

外には莉汪の他にもう一人、男がいた。見張り役の朴とは違う、莉汪より少し背の低い男が彼の後について歩いていく。小道に差しかかったところで白菊は莉汪が怪しい動きをするのを見た。

(何かしら)

幸いにも今夜は霧雨《きりさめ》だ。雨雲の隙間からわずかだが月が出ている。これなら莉汪の姿がよく見える。

様子を窺っていると、莉汪が岩壁のとある場所に触れた。すると、手の触れた一画が岩壁に沈み取っ手が現れた。莉汪がそれを回すと、谷底からゆっくりと縄の手すりが上がってくるではないか。

(あんな仕掛けがあったの)

どういう作りになっているのかは分からないが、あの手すりと取っ手は連動しているに違いない。

莉江が男と小道を渡っていく姿を覗き見ながら、白菊は小躍りしたい気分だった。二人の姿が完全に闇の中へ隠れてしばらくすると、また手すりが谷底へと下りていった。おそらく道の両端に手すりを上げ下げできる仕掛けがついているのだろう。

（なるほどね）

ついに見つけた光明に、おのずと格子を握る手にも力が籠もった。

すぐにでも逃げ出したい衝動が白菊を急き立てる。

莉江は次、いつここへ来るだろう。あぁ、しまった。こんなことなら彼が戻ってくる頃合いも調べておくべきだった。

（焦っては駄目よ、次はあの男が行って戻ってくるまでの時を確認してからじゃないと）

どう考えてもそちらの方がより確実で堅実だ。だが、逃走手段が目の前にあると思うと、居ても立ってもいられなくなった。

逃げ出したことがばれればどうなるのだろう。

でも、このままここにいたっていずれ殺されてしまうに違いない。――だったら。

おのずと手が床に落ちていた薄桃色の襦袢《じゅばん》へ伸びる。逡巡《しゅんじゅん》を繰り返しながらも、それに袖を通した。

体は疲労感で重たい。岩道に足を踏み出した時の恐怖もまだしっかりと覚えている。今が逃げ出す時ではないことは十分わかっていた。

（でも――っ）

堪え切れず、とうとう白菊は外へ出てしまった。草履《ぞうり》が見当たらなかったので素足で大地を踏みしめる。最初に逃げ出した日からそれほど日が経っていないはずなのに、土の感触が久しく感じた。よろめく足で岩道の前に立つ。左側は岩壁、目の前に道があり、そのすぐ脇は谷底だ。だが白く立ち込める霧が谷底を隠しているおかげで前ほど怖くはない。

(大丈夫……大丈夫よ)

何度も自分に言い聞かせ、手すりを出す仕掛けを探した。確か、莉汪はこの辺りを触っていたはずだ。当てずっぽうで岩壁を触っていると、一カ所だけ不自然な切れ込みが入っているのを見つけた。もしやと思い、その部分を押した。すると、見ていた通りに岩の一部が凹み、取っ手が出てくる。白菊はこわごわそれを摑み、回した。

やがて、霧の中からゆっくりと縄の手すりが上ってくる。

(やったわ!)

叫び出したい気持ちを抑え、白菊は完全に縄が張り切るまで岩を押し続けた。仕掛けが止まったところで、縄へと近づく。遠目では頼りなく見えたが、近づいてみると見た目以上にしっかりとしている。

(うん、これなら渡れそう)

見つけ出した逃げ道にいよいよ興奮が高まってきた。莉汪を出し抜けたことが嬉しくてたまらない。

早速岩道を渡り始めた。

谷底から吹き上げる風は恐ろしいが、縄の手すりひとつあるだけで随分心強い。白菊は岩壁と縄とに手を携えながら、足を踏み外さないよう慎重に歩みを進めた。が、半分ほど道を渡ったところで突然異変が起こった。縄が再び下り始めたのだ。

「や……っ、どうして!?」

慌てふためいても縄はどんどん下がっていく。だが縄を掴んだ手を外すこともできない。どんどん体勢に無理が生じ始めた。いよいよまずいと感じたところで、断腸の思いで縄から手を離す。途端、吹き上げる風に煽られ、慌てて岩壁へ取り縋った。

(何で急に)

早鐘を打つ心臓の音が全身を震撼《しんかん》させている。岩壁に縋る手が震えていた。さっきまであれほど軽やかだった足も今はピクリとも動かない。岩道のど真ん中に放り出された白菊は前にも後ろにも行けなくなった。しゃがむことも助けを呼ぶこともできずにいると、霧の中から人影が現れた。この風に煽られることもなく手すりもない細道を淀みない足取りで莉汪が歩いてくる。黒地の着物の上に羽織った女物の艶やかな着物が夜に映えた。腰に黒い飾り紐がついた短刀を挿し、霧雨の中に立つ莉汪のなんと頼もしいことだろう。

「あ……」

本能が安堵を覚えた。

だが、白菊の思いを知らない莉汪は近くまで来たものの、それだけだった。岩壁にへばりつく白菊を面白げに眺めている。

「寂しかったのか？」

そう言って、おもむろに片腕を摑み上げられた。重心がぶれて、体が谷側へと傾いだ。

「きゃ……っ」

「おっと、危ないなぁ。ひとり寝が寂しいなら、そうお言いよ。たまらず俺を追いかけてきたのだろう？」

そのままの体勢で顔を覗き込まれた。頷かなければ落とされそうな気配に、噴き出した汗が背中の真ん中を伝い落ちたその時だ。

「――なぁんてね。白菊は愛らしいなぁ、本気で逃げ出せると思ったのか」

しれっとした口ぶりで白菊を揶揄する。愚弄されて、ようやく気づいた。

（まさか……全部わざとだったのね！）

白菊が逃げ出す機会を狙っていることを知った莉汪は、今夜に限り情事を加減したのだ。

「は、離してっ！　卑怯も――っ」

餌に飛びついた鼠をあざ笑う猫の目をして、白菊の悔し紛れの罵声《ばせい》を莉汪がせせら笑う。

摑まれた腕に力が込められれば、痛みで言葉が途切れた。上へと持ち上げられ、徐々に足が地面から離れていく。反対の手が岩壁から離れた。摑める物を探して宙を搔く。

谷底からの風はつま先立ちになった体勢を容赦なく揺さぶってくる。いつ足を踏み外してもおかしくない状況に、思わず莉汪を仰ぎ見た。

平然としている莉汪は白菊のように岩壁に取り縋ることもなく、悠然としている。

すぐ下は谷底だというのに、この余裕は何なのか。

彼の長い髪が風にたなびき、舞っている。風すらも自在に操れると言わんばかりの雰囲気に、完全に気圧された。

その時、また白菊の体が風に揺れた。思わず下を見てしまい、霧の隙間から垣間見えた様子にぞっとする。薄闇の底に轟々と唸りをあげて濁流と化した川が見えた。

「ひ……っ」

(あんな下に川が)

絶壁からの光景は白菊の恐怖心を煽るには十分すぎた。ついに莉汪の腕に取り縋った。今、白菊の頼れる存在は莉汪だけだ。

「ん？」

小首を傾げて、莉汪はもう少しだけ白菊の体を谷底の方へ引っ張った。

「やめ……」

これ以上は本当に落ちてしまう。

「震えているよ、寒いのか？」

莉汪は羽織っていた着物を白菊の肩にかけた。けれど、白菊が欲しいのは見当違いの気遣いではなく身の安全だ。

「早く……」

「早く、何？」

「お……落ちる……から」

「から？」

言葉尻ばかりを拾う莉汪が恨めしい。十分伝わっているはずなのに、莉汪は分かっていてそれを叶えようとはしてくれない。

涙が零れた。口の中がカラカラになりながらも、懸命にその続きを紡ごうと口をぱくぱくさせるが、これ以上は声が出てこなかった。血の気と共に彼にしがみついている腕からも力が抜けていく。限界だった。

「助けてほしいのか？」

ようやく伝わった懇願に夢中で頷いた。

「山賊の機嫌を損ねたらどうなるのか、白菊はまだ知らなかったね。丁度いいから見るといいよ」

そう言って、莉汪が後ろを振り返った。「見て」と強要され、こわごわ視線を莉汪の後ろへ向ける。すると、小道の終点に、先ほど莉汪と共にいた男と、もう一人別の者が立っていた。

その後ろで大勢の男達が囃《はや》し立てている。後ろ手に縛られ表情を強張らせているのは……。

（どうして……、何であの人が）

目を凝らし、その者の正体を知るや否や愕然とした。

見間違えるはずなどない。そこにいたのは、母付きの女房である藤江だ。緋色《ひいろ》の袴と薄色の衣の裾が吹き上げる風にはためいていた。

「見えるか？　お前もよく知っている者だろう？」

からかい声で莉汪が問う。

藤江は遠目からでも分かるほど顔を蒼褪《あおざ》めさせている。が、莉汪の体越しにいる白菊を見つけるや否や「白菊様！」と声を上げた。

「どうして」

「さぁ、どうしてだろうねぇ。お前を迎えにいったらあの女もいてね。何の酔狂だか、もの好きな奴が攫ってきたのさ。けれど、あの女はいけないなぁ。ここへ来てからはお前を返せの一点張りで、酌のひとつもしなければ、愛想もない。若さもなく、気位ばかりが高いのでは邪魔で仕方がない。だから、女の望みを叶えてやることにしたのさ。この道を渡り切った先にお前がいることを教え、女が己の足だけで渡り切れたあかつきには二人とも無事都へ帰してやろうと言ってね」

嘯き、「いいぞ、放してやれ」と藤江の後ろに立っていた男に命じた。

莉汪の声に男は頷くと、拘束を解いてから藤江の背中を押した。直後、囃し立てる声が大きくなった。銭の額を叫ぶ声が飛び交い、藤江に罵声を浴びせかけている。

異様な光景に白菊は目を見張った。

藤江は見たことがないくらい震えている。取り澄ました顔も今は恐怖に歪み、小道の手前で完全に足が止まってしまっていた。当たり前だ、手すりのない状況でこんなところを渡り切れるはずがない。

「ひ…あぁぁぁ————っ！　いやぁぁぁ————ッ!!」

彼女もまた限界を超えたのだろう。突然、絶叫しその場に蹲る。が、藤江の後ろにいた男が無理矢理立ち上がらせると、仕切り直しとばかりに無理矢理小道へと押し出した。先ほどよりも大きな罵声にいよいよこれが何なのかを理解する。

賭博《とばく》だ。

後ろの男達は皆山賊の一派。彼等は捕らえてきた者がこの道を渡り切れるか否かで賭けをしているのだ。命を落としてしまうかもしれない状況を娯楽にする光景は、到底人の成せる所業とは思えなかった。

（藤江が私の身を案じたですって？）

藤江にとって白菊は仕えし主の娘だから、その為なら命をも張れるというのか。

見上げた忠義心に白菊は唖然とするしかない。

「やめて……、やめさせて」

無意識に声が漏れた。

だが、莉汪はもちろん誰も白菊の懇願を拾ってはくれない。制止の声はどこからもかからなかった。藤江は岩壁に縋りつき、啜り泣いている。それでもすり足ながら必死に前へ進もうとしていた。居たたまれない。とても見ていられなかった。

苦手な相手であっても見殺しになどできない。

（なぜなの、藤江！）

自分の為に命を張ってまで小道を渡らなくていい。そもそも、どうして藤江は白菊の屋敷にいたのだろう。

「あのままでは死んでしまうわ……」

また風が吹き上げた。

「ひぃぃ……っ」

藤江がひぃひぃ泣きながら壁に取り縋った。が、恐怖心が平衡《へいこう》感覚を麻痺させているのだろう。次第に体が前後に揺れ始めた。

このままでは谷底へ落ちてしまう——。

「やめさせて!!」

「他人を案ずるなんて余裕だね」

「何を呑気なことを、命は玩具《おもちゃ》じゃないっ！」

「白菊はあんな者にまで心を配るの？」

意味深な問いかけも、今の白菊の耳には届かない。目の前で潰えそうになっている命に必死だった。

「早くやめさせて！」

「なら、もう逃げない？」

「今はそんなことを言ってる——」

「どうなの？」

この状況で決断を迫ってくる莉汪の狡猾《こうかつ》さが忌々《いまいま》しい。藤江の命運はたった今、白菊に委ねられたのだ。

藤江は完全に錯乱状態に陥《おちい》っている。今やめさせなければ、間に合わなくなる。

「卑怯者……っ」

莉汪はそれこそが褒め言葉だと言わんばかりに艶笑《えんしょう》した。

「それが山賊だ」

迷っている猶予などなかった。

「——ッ、あの人を助けて」

恨み節を込めて懇願する。その直後だった。藤江の体の揺れが一瞬止まり、体が棒切れのように硬直した。そのままグラリ…と後ろへ倒れていく。

「やあぁぁぁ——っ!!」

白菊の発した絶叫を伴って藤江が背中から谷底へ落ちていった。

咄嗟に莉汪にしがみついていた方の手を藤江へと伸ばす。その拍子に羽織っていた着物がはらりと宙に舞った。

「浅葱《あさぎ》！」

つんざく悲鳴を切り裂いた莉汪の一声。浅葱と呼ばれた男が落ちていく藤江へ向かってすぐさま縄を投げる。はらり、はらりと落ちていく着物で遮られていた視界が晴れると、宙づりになった藤江がいた。一気に緊張が解けた。

「あ……あぁ……」

莉江に抱き止められながら白菊はその様子を見ていた。

（よかった――っ）

安堵で体の力が抜ける。途端、谷底から吹く風に、置かれている状況を思い出した。眼前は谷底、自分は今、莉江の腕一本で支えられている。落ちていく着物が辛うじて見えた。

ぞぞっと身の毛がよだつ。思わず体に回っている莉江の腕をぎゅっと握りしめた。そんな白菊に莉江は薄笑いを零し、小道を渡り切った。そこにはいつぞやの大男、朴が立っている。仕掛けに手をかけている姿に、白菊は臍《ほぞ》を噛んだ。莉江は彼に「見張っていろ」と言っていたではないか。朴の存在を完全に失念していたことに己の浅はかさを痛感する。

それから再び家屋へと連れ戻され、乱れたままの褥の上で抱きしめられた。雨と恐怖で体は芯まで冷え切ってしまっている。

地に足がつくと、今さらのように震えがやってきた。こんな男の温もりでも生きて戻ってこられた幸運を実感してしまう。しかし、人心地《ひとごこち》つくと胸に広がるのは安堵ではなく口惜しさだった。

（あと少しだったのに……っ）

勇み足だった自分を怒鳴ってやりたい。あと少しの辛抱ができれば、こんな無様なことにはならなかった。

唇を噛み締めているると、莉汪の肩が小刻みに震えているのに気がついた。抱きしめる腕が緩み、額が触れ合う距離で莉汪が顔を上げた。

青い目に浮かぶ愉悦《ゆえつ》。悪戯《いたずら》が上手くいった時の子供のようななんとも楽しげな表情だ。

苛立ちを込めて睨みつけても莉汪はクックッと笑うのをやめない。そのうち両手で白菊の頬を包んだ。

「本当に白菊は愛らしい。あざとく生きる術などいくらでもあるのに、お前は呆れるほどお人好しで怖がりで意地っ張りで純粋で、そして、とても愚かだ」

莉汪は心底嬉しそうに、幸福感に溢れる声音で白菊を称賛しあざ笑う。

「だから、俺が傍にいて守ってあげないと」

「は……離して！　何をわけの分からないことをっ」

「莉汪。そろそろ俺の名前を呼んでくれないかな」

「絶対に嫌！」

「頑固だなぁ」

目尻を下げて、頬を撫でた。

「どうして俺があそこにいたのか、聞かないのか？」

「べ、別に！」

行って！」

「ほらね。意地っ張りだ。どうしてこんな小難しい子になったのだろう」

「お前が私の何を知っていると言うの！　もう……、もういいでしょう！　ここから出て行って！」

力任せに莉汪を押しやった。

「白菊は知りたくはないの？　ここにいる理由や、俺のことを」

「お前は矢科の鬼、私はお前の慰み者よ！」

半ばやけくそ気味で叫んだ。

「お前のせいで都は九竜川に呑まれるのよ！」

「馬鹿げた話だ。お前まで朝廷の戯言を信じるのか？　社を壊したのは俺達ではないし、白菊ひとりが犠牲になったところで九竜川がどうにかなるわけでもないさ。そんなくだらないものにお前が命を捧げる必要がどこにある。それよりも、俺の傍で俺にだけ愛されておいで。うんと幸せにしてあげるよ。桃源郷を探しに行こうと言ったではないか」

「ふざけないで！　誰がお前と。もぉ――っ、近づかないでと言ってるのよ!!」

爪を立てた手を莉汪が煩げに摑み上げる。

「あっ！」

「本当に困った手だ。こんなこと本当はしたくないけれど、おいたをする手はしばらくこうしておこうか」

そう言って、短刀についていた黒い飾り紐を引き抜き、手早く両手を縛る。黒く艶めいた不思議な肌触りの縄だった。擦れてもあまり痛みを感じない。拘束された手を見て莉汪は満足げだ。

その瞬間、ぞわり…と悪寒が背中を這った。

(な……に？)

「人の髪には想いが籠もるそうだ」

溜め息のように呟き、莉汪は黒光りする縄に指を這わせた。白菊もまた言葉の意味を探して、縄へ視線を落とす。藁でできているとは思えない滑らかな感触、燈台の灯りを頼りに食い入るように見つめた。

(まさか……これ)

この縄はまるで人の髪を編んだようには見えないか。

目を見開き、縄を凝視する。ゆるゆると顔を上げれば、冷笑とも艶笑とも言えぬ微笑を浮かべた莉汪がいた。

「俺の願いが叶うよう、たくさん心を込めたよ」

白菊を拘束したものは、毛網だった。おびただしい悪寒に体が震え上がった。

「ひ――っ、や……あぁぁぁぁ――っ」

夢中で両手を振り回す。半狂乱になりながら必死に縄を解こうともがいた。

「嫌っ、嫌ぁぁっ!!　お願い、解いてぇぇ――っ!!」

(気持ち悪い、気持ち悪い気持ち悪い――っ!!)

いったい自分はあと何度、心に恐怖を刻みこまれれば許されるのだろう。

暴れる白菊を莉汪が覆い被さるようにして抱きしめた。

「何で、どうしてこんな――っ」

「どうして？　おかしなことを聞くね。白菊が逃げようとするからじゃないか。俺の傍においでと言っているのに、言うことを聞かない、いけない子だ」

「嘘！　わた――、私には果たさなければいけない使命があるの！　今、都を救えるのは私だけなのよ！」

「聞けば聞くほどくだらないね」

「そんなことないっ!!」

金切り声を上げて、拘束された手で顔を覆った。

「お母様がおっしゃったの。〝あなたは特別よ〟って。〝都の守り人となる者よ〟と。お母様の言葉は絶対なの！」

「だから言われるがまま人柱になるのか？　お前は悲しいほど阿呆《あほう》だな」

「――ッ!!」

痛烈な批判に、つかの間唖然となった。

「何をもってその言葉を信じている？　ひとつ教えてあげる。お前が母だと慕う女はね、誰よりもお前を嫌っているよ」

何も言い返さないことをいいことに、莉汪は残酷な言葉ばかりを選んで繋げていく。

「白菊は一度も不思議に思ったことはないのか？　どうして自分は母親と同じ屋敷で暮らせないのだろうと」

「そ……れは、私が重要な役目を天より与えられたから」

「それならなおさら手元に置いて大切に育てるはずだろう。けれど、白菊はそうされなかった。理由は白菊も薄々分かっているはずだ。認めたくなくて母親の言葉が正しいと信じ、縋り、それが母の愛だと思い込んだ。自分が母に嫌われていることを認めたくなかった」

「違う！　私が特別だから仕方なく屋敷も離れて……っ」

どんどん尻すぼみになる声は涙声に変わっていった。

怒りとは違う感情が血脈を騒がせている。

「白菊。〝特別〟は必ずしも〝大切〟と同義ではないよ」

「――ッ」

その言葉が心臓を突き刺した。

呆然となって莉汪を見る。何を言われたのかも理解できなかった。

「特別」は「大切」ではない？

突然、何を言い出すのだろう。

（……そんなことあるはずがないっ）

気を持ち直し、戯言を語る鬼を睨みつけた。

「お前の言う言葉など聞くものですか！」

もう何度言ったかしれない言葉を再び叫ぶ。

ドクドクと耳元で鳴る心臓の音がうるさい。

莉汪の声に耳を傾けては駄目。矢科の鬼はきっと心をも喰らうのだ。彼が操る言葉はすべてがでたらめに決まっている。

自分が母に嫌われているはずがない！

夢中で不自由な両手で両耳を塞ごうとした。これ以上、莉汪の嘘を聞きたくなかった。

「私の人生よ！　どう生きようとお前に関係ない‼」

声を張り上げることで莉汪の言葉を遮断した。

「鬼の言葉など聞くものですか！」

「お前が俺を鬼にしたくせに？　白菊、お前はまだ俺を思い出さないのか？」

「知らない！　お前になど会ったこともないわ！」

「酷いな、これほどまでに愛おしいと思っているのに」

苦笑し、莉汪が腕を伸ばした。捕まりたくなくて、身を捩り逃げる。

「お前は私をどうしたいの⁉　攫って犯して、まだ足りないというのっ！　――もういいじゃない！　十分満足したでしょう‼」

「つれないことを言うものだね。この程度で何を満足しろというのか……。俺はお前が欲しい、お前のすべてをだ。それを手に入れるまで、俺はすべてを壊し続けるよ。白菊が慈しんだもの、愛したもの、お前の歩いてきた時。片端から滅茶苦茶に崩して俺だけが――」

「やめてぇぇ――――っ!!」

(もう嫌っ、何も聞きたくないっ!)

一旦、堰が切れた感情は自分でもどうすることもできなくなっていた。奇声を発し、がむしゃらに四肢をばたつかせる。括《くく》られた両手を振り回し、何度も莉汪の体を打った。最中、毛綱の端がさわりと白菊の頬を撫でた。その瞬間、白菊のすべてが限界を超えた。

「い――っ!!」

ビクン、と体が硬直し、そこで意識は途切れた。

四章　邂逅《かいこう》

赤ん坊が泣いていた。

都の外れにある、一際《ひときわ》警備の厳重なこの屋敷に母がいることを莉汪は知っていた。産まれて間もなく、大王の手によって莉汪は母と引き離された。いや、母が莉汪の命と引き換えに引き離されたのだ。

雪降る矢科山の山中に木霊した母の絶叫は今も時折夢に見る。

莉汪はその当時のことは詳細まで知っている。誰に教わったわけではない。実際にこの目で『視た』から知っているだけのこと。

莉汪には昔から不思議な力が備わっていた。何かの拍子に〝時〟を遡り過去を視ることができるのだ。日常的に起こるそれは決まって自分にまつわることだけだった。が、莉汪は持って生まれたこの力で何かを成し遂げようとは思わなかった。

山賊の頭《かしら》の子として育ってきたことに不満はなかったし、あそこで頭領に会わなければ生きながらえることのなかった命だ。山賊に拾われたから山賊として生きていた。そのことに大した感慨はなく、なんとなく毎日が過ぎた。

十四歳になった莉汪は母を訪ねてみることにした。明瞭な理由はない。あえて言うならば、暇だったからだ。矢科山を下り、母が住む屋敷へ忍び込んだ。

大王の命だろう。屋敷には厳重な警備が敷かれてあった。この分だと母の顔を見るには骨が折れそうだ。早々にやる気を失いかけていた莉汪の耳に、赤ん坊の泣く声が聞こえた。声のする方に目を向ける。敷地から少し離れた場所にぽつりと建つ屋敷から聞こえてくるようだった。農民の家屋に比べれば立派だが、身分ある者が住む家にしては見劣りするそれ。不思議に思った莉汪は、そっとその中を覗いてみることにした。

わびしさがそこここに漂う屋敷に人の気配はない。

赤ん坊は屋敷の廂に置かれていた。

乳が欲しいのか、母恋しさで泣いているのか。産まれて幾ばくもない乳飲み子は、ひとりぼっちだった。

まだ言葉を知らない子だ。泣くことでしか己の存在をこの世に知らしめることができない。

（あの子は――）

しばらく物陰からじっと見ていたが、人がやってくる気配はない。

（このような小さな子をひとりにさせているのか）

泣くことしかできない子を見ていると、何とも言えない切なさがあった。誰にもかまってもらえない子を不憫だと思った。

乳母の姿もない。閑散《かんさん》とした屋敷は、赤ん坊の泣き声以外、人の歩く音すら聞こえない。

そんな中でも赤ん坊は小さな手を天へ伸ばし、足をばたつかせている。顔を紅潮させ大声で泣く姿は、生への執着が現れたもの。生き物が持つ本能をその子の中に見た。

「――泣くな」

気がつけば莉汪はその小さな手に手を伸ばしていた。

穢れのない純粋な生命力に触れてみたかったからか、それとも目の前で泣く子をどうにかしてやりたかっただけなのか。はたまたいつもの気まぐれか。

それでも、考えるよりも先に体が動いていた。

中庭に降り立ち、赤ん坊の手に触れた。

ギュッと小さな手が莉汪の指を握りしめる。その瞬間、莉汪の心も摑まれた気がした。

思いのほか赤子の手は力強い。そして、とても小さく柔らかかった。

「泣くな、小さな子よ」

まだ己の歩く道すら知らぬ子を、そっと抱き上げた。

するとどうだろう。赤ん坊が泣きやんだのだ。「ふえ……」と甘えた声を出して莉汪の胸に顔を擦りつける。その両手はしっかりと莉汪の着衣を握りしめた。

離さないで。守って。

そう言われているようだった。

腕の中でゆらゆらと揺らしてやると、大きな目に涙の滴を残しながらも笑う。笑いながらまた顔を擦りつけてくる。まるで、莉汪がいなければ生きていけないと言わんばかりに、小さな手で懸命に莉汪を求めてくる。

トクン……と鼓動が心に波紋を描いた時だ。

ぼんやりとだが赤ん坊の過去が視えた。こんなことは初めてで、莉汪自身驚いた。信じられない思いで腕の中の赤ん坊を見つめた。

名は白菊。大王の娘。

ここは大王が白菊の為に建てた屋敷だった。

腕の中に収まってしまう小さな命。純粋な魂に触れて、初めて心が揺れるのを感じた。

「いい子だ」

白菊を可愛いと思えた。

すると、おのずと話しかける声も口調も優しくなれた。あやされて安堵したのか、白菊は乳を探して莉汪の胸の辺りで口をぱくぱくし始めた。

「ごめん、乳はないんだ」

愛らしい仕草に笑みを漏らしつつ、せめてもと人差し指で白菊の唇に触れるとすぐに吸いついてきた。力強い吸引に驚きながら、またゆらゆらと体を揺すってやる。ほどなくして、白菊は全身を莉汪に預けてうとうとし始めた。

「もう寝るのか」

目まぐるしく変わる様子に戸惑いながらも、すべてを預けてくれることに喜びを感じていた。白菊から伝わる温もりは優しい。彼女の存在がゆっくりと莉汪の中に浸透してくる。

母を見に来たはずなのに、白菊に触れた今ではどうでもよくなっていた。

今は腕の中で眠る存在が愛おしい。

またいつもの気まぐれで終わるかもしれない。この感情も一時のことで、明日には白菊のことは忘れてしまうかもしれない。

でもなぜだかこの子だけはそうならない気がした。

その時、屋敷の中から足音が近づいてきた。

白菊が泣きやんだことで家の者が様子を見に来たのだろう。莉汪は眠った白菊をそっと元の場所に戻して中庭を後にした。

それから莉汪は、たびたび白菊のもとへ足を運ぶようになった。

小さな姿を遠くから見るだけの日もあれば、中庭に降り腕に抱く日もあった。

濡れたおしめ代わりに莉汪の手拭いをあてた。乳を持たぬ莉汪が乳飲み子を泣きやますのは一苦労で、家人の気配を警戒しながらそれをすることがどれほど身を危険に晒しているか。すべて承知の上でも、白菊を放っておくことができなかった。

なぜならいつも、白菊はひとりぼっちだったからだ。

雨が降らない限り、白菊は大抵廂で寝ころばされている。傍には畳まれたおしめの山があった。

(腹が空いたらどうするんだ。かまってほしいと泣いている声が聞こえないのか)

誰にもかまわれない愛しい子の境遇を思うと胸が詰まる。

こんなにも愛してくれと泣いているというのに。

腕に抱く子は莉汪の顔を見ては笑うようになった。天へ掲げれば太陽のごとく満面の笑みを浮かべて、時には声を上げて笑う。

(あぁ、あいくるしいな)

そんな日が幾日も続いた。季節がひとつ、ふたつと過ぎて白菊が這う頃になると、いつ厢から落ちるかとはらはらした。伝い歩きを始めた頃は地面の石ころを口に入れようとするので何度も慌てさせられた。

幼子特有の愛らしさと白菊が生まれ持っている可憐さが少しずつ花開いていく様子を見るのが好きだった。手を広げ、莉汪を求める姿を見るたびに狂おしいほどの深い愛情を抱いた。柔らかいほっぺたに頬を寄せれば「きゃっ、きゃ」と声を上げて喜ぶ姿に、幾度このまま腕の中に閉じ込めてしまいたいと思っただろう。

(俺のだ)

成長する白菊を見守りながら胸に灯った感情が何なのかは、莉汪にとってさほど重要ではなかった。それは盗賊という特異な環境下で育ったからなのか。欲しいものがあれば手に入れるだけだ。

何度か母の屋敷を襲撃する計画が持ち上がったが、そのたびに理由をつけて頓挫《とんざ》させてきた。山賊の襲撃は女子供にいたるまで皆殺しが鉄則。いつこの屋敷に被害が飛び火するか分からない以上、母の命はどうでもいいが、この可愛い存在をどうしてもこの世から消してしまいたくなかった。

白菊が話す声を聞いてみたい。どんな声音で莉汪の名を呼ぶのだろう。

この先ずっと傍で白菊を見続けていたい。この腕の中で、莉汪の望む白菊に育てたい。

今までこんなにも何かを強く望んだことなどなかった。何をしてもいつも心は冷めていて、初めて人を殺めた時ですら冷静だった莉汪を、仲間は畏怖の表情で見ていた。

それなのに、今はこんなにも心が乱されている。白菊の小さな手が莉汪の唇に触れる。

笑って体を預けてくる仕草がたまらなく愛おしい。差し出した指をしゃぶる白菊は心地好さそうに目を閉じている。

(白菊を守りたい)

唇から指が外れた。腕にかかる重みで白菊が眠ってしまったことを知る。白菊の唾液で濡れた指を舐め取り、愛しい存在を深く胸の中へ抱き込む。

なぜ自分は過去の〝時〟しか視られないのだろう。

白菊の未来が視たい。

この先、白菊の歩む道の先に幸福の光があるとは思えなかった。大王の娘という肩書きは白菊の足枷になることは間違いない。彼女をひとりこの屋敷で囲うことに必ず誰かの意図があるはずだ。

莉汪には感じられるのだ。この先、白菊は必ずや運命に翻弄《ほんろう》される。

その時、自分はどうする？

自問は愚問だった。

白菊を失うことなどありえない。

ならば、よく考えろ。白菊の手を離さない術を用意するのだ。

「待っておいで、必ず迎えにくるよ」

莉汪は眠る彼女との幸福を誓った。


（……十六年か）

くたりと腕の中で気を失った愛しい存在を抱きしめ、ゆっくりと褥に横たわらせた。

想像していたよりもずっと白菊の肌は柔らかく、どこもかしこも甘かった。秘部を湿らす蜜があんなにも美味いものだとは初めて知った。性欲だけで抱いてきた女達にはない、白菊だけが持つ強烈な何かが莉汪の心を掻き立て居ても立ってもいられなくする。

着物を体にかけてやると、白菊の体から強張りがとれた。寝顔はまだ涙で濡れている。

（泣きどおしだったからね）

母親について語ったのは早計だっただろうか。いや、隠しておく理由はどこにもない。

誰かの言葉に流されるだけだった白菊も、己の人生を知るべきだ。

ただ、それは少しばかり白菊には酷な現実かもしれないが。

莉汪を見るときの侮蔑しきった白菊の視線を思い出すと、口元が綻ぶのを止められない。

白菊の目が自分を映している。なじられても嬉しいだなんて、自分はどれだけ白菊に飢えていたのだろう。

けれど、白菊は莉汪を忘れている。

昔、自分がそう望んだとはいえ、あの幸せな日々の欠片すら綺麗さっぱり彼女の中から消されていたことに傷ついた。

(自分から手を伸ばしてきたのにさ)

ほんの少しだけ淋しさを覚えたが、また新たに作り直せばいいだけのこと。これから続く永遠の幸福を思えば些末《さまつ》な感情だった。

白菊が天命だと信じて疑わないものがあるのなら、自分はそれを打ち砕くだけだ。

彼女への想いが膨らみすぎてどうにかなってしまいそうだった。こみ上げる幸福感にまた理性の箍《たが》が外れそうになる。

心の望むまま抱いた華奢《きゃしゃ》な体を撫でて、爆ぜた分だけこの中に自分の子種が蒔けたことに歓喜を覚えた。

もっと白菊を貪りたい。より濃く自分の匂いを擦りつけたい。

(俺のものだ)

眠る白菊の傍らに横たわり、体をすり寄せる。ほんのりと香る汗の匂いが莉汪の官能を刺激した。手に入れた存在が愛おしすぎて、感情も性欲も制御できない。

また力を取り戻しつつある陰茎を、柔らかい臀部へ宛てた。着物を捲り、内股に差し込む。蜜穴に入れた時とはまた違う感触が脳の奥まで痺れさせた。おのずと腰が動いてしまうと、先走った体液がぬちぬちと淫靡《いんび》な音を立て出す。意識のない白菊の体を使っての行為は、自慰《じい》行為と何ら変わらない。欲情しひとり腰を振る自分は獣以下だと空笑いするも、生み出される快感が嬉しくて止まらない。

「ん……」

そして夢の中にいてもわずかな反応を返してくれる白菊が可愛い。

彼女を愛しているのも、彼女に愛されるのもこの世で莉汪ひとりだけだ。

たまらず、ずぶりと陰部に自身を潜りこませてしまった。

「あぁ……」

零れた溜め息が消えるのも待たず、腰を動かし始める。窮屈な快感が陰茎を伝って全身に流れ込んでくる。

涙に濡れたままの頬を指の背で撫でた。ひやりとした頬は柔らかく、こみ上げてくる愛おしさのままむき出しの肩に顔を擦りつける。滑らかな肌を頬で堪能しながら、白菊への愛を抑制する理由がないことに歓喜した。

白菊だけが欲しくてたまらなかった。

「全部、俺のものだ」

脊髄《せきずい》を走った恐悦《きょうえつ》な快感で射精し、充足の息を吐いた。零れる白濁を見るたびに、彼女が清められていく気になるのはなぜだろう。

今度こそ、誰にも邪魔はさせない。

決意を秘めた目を細め、細い肩に噛みついた。

☆★☆

「ほうら、白菊。粥《かゆ》だよ、お食べ」

胡坐をかいた膝の間に乗せられ、碗《わん》に盛られた白粥を莉汪が木匙《きさじ》に掬って口元まで持ってきた。

(絶対に食べるものですか)

唇を真一文字《まいちもんじ》に結んでプイッと横を向く。

「粥も嫌いか。なら、鯛《たい》はどうだ」

匙を戻し、今度は魚の身をほぐし出した。嫌味なほど綺麗な箸使いだ。一口分をまた口元まで運んでくるが、当然白菊は見向きもしない。にもかかわらず、煮物、茹で物、果物、はては菓子と、莉汪は次から次へと唇に食べ物を運んできた。

白菊は御膳にのったそれらを横目で見遣った。

屋敷の食事はいつも質素だったから、こんなにたくさんの食べ物を一度に見たことがない。米は玄米、漬物に羹《あつもの》。それだけだ。

なのに、この贅沢な御膳はどうだろう。どれもとても美味しそうだ。

こんな状況でなかったらとっくに箸をつけているし、中でも見目美しいあの菓子はぜひとも食べてみたい。

だが、肝心の手は相変わらず莉汪の髪で拘束されたままだ。

(気色悪い)

逃げ出すことも叶わず、自由も奪われた。莉汪の念がたっぷり籠もった毛網《けづな》で拘束されたばかりか、白菊の生き方まで否定された。

『白菊を壊したい』

その言葉通り何度この身を凌辱され、莉汪の子種で穢されただろう。そして今もこうして莉汪の腕の中にいることを強要されている。

何が楽しくて毛縄付きの手で食事をとらなくてはいけないのか。見ているだけで吐き気がしそうなそれを視界の外へ追いやった。

こんなところ一刻も早く逃げ出したい。屋敷へ戻り、母の言葉こそが正しいことを感じたかった。

けれど、藤江の命乞いをした白菊はここに留まることを約束してしまった。もし、勝手に逃げ出せば今度こそ彼女の命はないだろう。

偽善をしたな、と頭の中でもう一人の自分があざ笑っている。――そうかもしれない。藤江は何かにつけて白菊に厳しかった。教養も嗜《たしな》みも持ち合わせていないのでは母の前に出る資格はないと言い、山ほどの書物を読ませ、流行りの遊び道具を寄越してきた。母との面会が叶わず落ち込む白菊に慰めの言葉ひとつかけるどころか、もっと精進せよと苦言を呈した。

仮に彼女が逆の立場だったら、果たして白菊の命を助けただろうか。そもそもなぜ藤江はあの夜、白菊の屋敷にいたのだろう。

母から何かことづかっていたことでもあったのか。

理由は何であれ、藤江が白菊の身を案じたのは母への忠義心からにほかならないだろう。果たして自分を本気で案じてくれる者などこの世にいるのだろうか。

そんな侘びしい関係でしかない者の為に、自分は何を必死になってしまったのだろう。

天命はどんなものとも秤にかけることのできない重要なことのはずなのに。

(でも……、私にはできなかった)

見捨てることができるくらいなら、もっと違う生き方もできた。それこそ莉江の言う通りあざとく生きてこられたはずだ。

どうにもならない現状が歯がゆくてならなかった。

今頃、都はどうなっているのだろう。相変わらず長雨は止む気配はない。九竜川の怒りを鎮めなければいずれ都は水の下に沈んでしまう。

だが、今の白菊に何ができるだろう。莉汪が白菊に許した自由はこの空間だけでのこと。その中で白菊ができる主張など僅かしかなかった。

声を荒らげること、莉汪を拒絶すること、そして食事を拒み続けることだ。

山賊などという下賤《げせん》の出す食事など一口だって食べてやるものか。

「おかしいな、どれも白菊が好きそうなものを選んだつもりだったのに。白菊は何が好物だ？」

猫なで声の問いかけにも、白菊は横を向いたまま無視し続けた。

莉汪は食事をとらない白菊の為にと毎回豪華なものばかりを用意させる。目移りしそうなほどの品数と、見たことのない食材、美味しそうな菓子を拒み続けるのは容易なことではなかった。

「これなんかどう？　春祇国の菓子だ」

そう言って、目をつけていた菓子を莉汪がぽいっと自身の口の中に収めた。

「あ……」

「ん？」

思わず落胆が零れ出た。

目が合い、慌ててそっぽを向く。やせ我慢をしていることを悟られたくなかった。

丸二日、何も食べていないのだ。本当は食べたくてたまらない。喉だってカラカラだった。どうしようもない空腹感は自分を負の底なし沼へと誘う。

なぜ自分だけがこんな目に遭わなくてはいけないのか。あまりの惨めさに泣きたくなった。

「白菊」

莉汪が新しく菓子を摘まんで口元へ持ってくる。それでもなけなしの意地だけで拒んでいると、やがて頭上から溜め息が落ちてきた。「仕方がないなぁ」と莉汪が菓子を一口齧《かじ》る。と、次の瞬間。

「——ッ」

有無を言わさず、唇に唇を押し当てられた。

「ンン——ッ!!」

片手で後頭部をがっちりと摑まれ、反対の腕は体に巻きついている。もがくにもがけない状況で莉汪は舌先で口を開けろと催促してきた。が、そんなものに素直に従うはずもなく、白菊は頑《かたく》なにそれを拒んだ。

(絶対に嫌よっ)

あまりにも意固地な態度に、腰に回された手がわき腹をすう…と撫でた。何度もこの体を蹂躙した男だ。白菊の敏感な部分はとうに知られている。走った刺激にひくん…と体が跳ねる。唇の力が緩んだ隙に舌触りの悪いぼそぼそしたものが喉元へ流れ込んできた。

「ほごっ」

菓子の欠片がおかしなところに入った。涙目で睨みつけるが、莉汪はまったく気にする

様子はない。むしろ、嬉しそうだ。

「美味いだろう？」

莉汪は粥を碗から口に含んで、また顔を近づけてくる。

「も――っ、嫌！　……っぅん！」

問答無用で口づけられ、粥を流し込まれた。粥の食感と菓子の甘さが口の中で混じり合い、何とも言えない甘ったるい味覚が口いっぱいに広がる。莉汪がついでとばかりに口の中を舌で弄《まさぐ》ってくるから、飲み込めず口端から粥が零れた。それが二度、三度と続き、たまらず白菊が音を上げた。

「食べる、食べるわ！」

「本当？」

白菊の口の周りについた粥をぺろりと舐め取りながら、莉汪が窺い顔で問うた。頷かざるを得ない状況を作った本人の白々しい態度に苛々した。

瞳を覗き込む青い目を目一杯恨みを込めて睨むと、そこには美しい羽織を纏った仏頂面《ぶっちょうづら》の自分が映っている。

豪奢な刺繍が施されたそれは莉汪に無理矢理纏わされたものだ。

がらんどうだった部屋は、二晩のうちに物で溢れかえっていた。

華麗な調度品の数々、硯《すずり》、鮮やかな着物、屏風《びょうぶ》。どれも白菊の我が儘で用意させたものだ。

いったい、あの細道をどうやって運んできたのだろう。

「何でも欲しい物を言っておくれ」

その言葉を後悔させてやろうと、わざと絶対に無理だと思うものを選んで言ったのに、莉汪は嫌な顔ひとつすることなくすべてを揃えてしまった。おかげで、この部屋は豪族の屋敷かと目を疑うほど絢爛《けんらん》豪華になってしまった。

しかし、これらすべては元は他人の物。

今着せられている着物だって、どこかの豪族の娘の持ち物なのだろう。そんなものを貰っても喜ぶはずがないのに、莉汪は気づきもしない。

山賊だから。他人から奪うことが当たり前だからそれが分からないのだ。

「食べて」

粥を掬った匙が口元にあてられた。

嫌々口を開くと、丁寧な仕草で流し込まれる。この粥だって大勢の犠牲を払って白菊の口に届いている。そう思うと、どうしようもない不快感がこみ上げてきた。

「……ぅ！」

襲ってきた嘔吐感に口元を覆った。莉汪から与えられるすべてのものが不純物だと感じてしまう。喉元までこみ上げるものを白菊は必死になって堪えた。

（どうして私だけが……っ）

強引に奪われていく自由と増えていく不自由にどうにかなってしまいそうだ。

白菊は手首の拘束を見なくてすむよう両目を瞑り、肩で荒い息を繰り返した。

莉汪の突飛な行動はひとつとして共感できない。

都へ戻れないのなら、いっそ殺してくれればいいのだ。

「白菊」

「さ、触らないでっ！」

近づく顔を括られた両手で払いのけた。その拍子に拳が莉汪の顔に当たる。じん…と痛みが走った。

目の前の男が不気味で気持ち悪くて仕方がない。

人の髪で作った縄で縛り、盛りのついた獣同然に白菊を貪る。白菊に罵倒され殴られ、蹴られても嬉しそうだ。

ほら、今も頬を殴られて陶然としている。

「白菊、嬉しい」

そんなものに四六時中纏わりつかれて平静でいられる人間がどれほどいるだろう。こんな男の傍にいては、精神がおかしくなるのも時間の問題だ。

「は…離れて！　傍にこないでっ」

「怒る声も愛らしいな」

「私の言葉が聞こえないの!?　その耳は飾りだと言うのっ」

「そうかもしれないから確かめさせて。白菊、俺の名前を呼んで」

頓珍漢《とんちんかん》な言葉で強請りながら、莉汪が距離を縮めてくる。近づく顔を必死で押しやり夢中で叫んだ。

「嫌よ！　絶対に呼ばないっ」

「白菊」

顎を摑まれ上向かされる。暴れた拍子に御膳にぶつかり羹の入った碗が床に零れた。

そちらに気を取られた一瞬、莉汪に押し倒された。無理矢理唇を塞がれ、屈辱に目を見開く。

「ん……んん……ッ！」

体を捻ってどうにかそれを外すが、すぐに追いかけてきてまた捕まった。

舌で唇を割られ、口腔へ侵入される。逃げる舌に莉汪の舌が絡みつく。ねっとりとした生温かい感触にまた吐き気がしそうだ。

どんなに抗っても、倍ほど違う体格差と絶対的な力には到底敵わない。屈辱感は敗北感へと姿を変え心いっぱいに広がる。だが、どれだけ体を蹂躙されようとも、心だけは絶対に屈してなるものか。

白菊の反抗心を知ってか知らずか、それともどうでもいいのか。莉汪は執拗に口腔を弄ってくる。舌先で歯列をなぞり、白菊の反応を窺っている。悔しさのあまり、好き勝手に蠢く舌を嚙んでやった。

「困ったな」

言葉通りの弱り顔をした莉汪がぺろりと唇を舐める。血で濡れたそこは赤い紅を差したようになった。

「あまり愛らしいことをするな。これでも我慢をしているのだから」

「お、お前がいつ我慢をしていたというの！」

「またそんなつれないことを。どうして白菊はずっと怒ってばかりなの？　お前は笑顔がとても似合うというのに」

「見たこともないくせに適当なことを言わないでっ！」

間髪《かんはつ》を容れず言い返すと、「あるよ」と即答された。

胡乱《うろん》な表情をした白菊の頬に莉汪が手を添《そ》えた。

「本当に何も思い出せないのか？　秘密の場所のことや桃源郷のことも？」

非難《ひなん》めいた声音と拗《す》ねたような眼差しに心臓を射抜かれた気がした。まるで過去に莉汪と会ったことがあるような口ぶりに、つい記憶の引き出しの中を探ってしまいそうになる。けれど、そんなはずはない。首を傾げて問われても白菊の記憶に莉汪はいない。いないはずなのだ。

白菊はキッと睨みつけ、手を払った。

「お前の嘘に騙されるものですか」

「別に嘘はついてないけどなぁ」

間延びした声でぼやき、白菊の着物の袷《あわせ》に右手を差し込んできた。そのまま押し開かれ、乳房が零れ出る。

「や……っ」

すぐさま脚の間に体を割り込ませてきた莉汪を蹴り飛ばそうと脚をばたつかせるが、莉汪は痛がるどころかうっとりと白菊に見入っている。

「本当に白菊は愛らしい」

左手も右手と同じようにして着物を剝く。両方の手がそれぞれの乳房の突起を指で挟み擦った。

「い――っ」

ちり…とした細い刺激が走った。口走った悲鳴に莉汪はほくそ笑んで、さらに刺激を送り込んでくる。

「嫌っ、やめ……っ」

「白菊の乳は本当によく俺の手に馴染む。柔らかくて温かくて……駄目だ。舐めたい」

「ひっ！　や……あぁっ!!」

指で弄《もてあそ》ばれていた部分が熱いもので包まれた。乳房を揉みしだきながら、その先端を吸い上げられる。甘噛みされ、舌先で転がされる。ざらりとした舌触りに体が震える。伸びあがりどうにかして莉汪の下から這い出ようと足掻くが、莉汪の体は重い。

また犯される。

手をばたつかせた時、肘に床に落ちていた碗が触れた。白菊は夢中で体を捩りそれを摑むと、莉汪を目がけて振り下ろす。

「――ッ!!」

陶器が割れる音がして、莉汪の動きも止まった。

「あ……」

ぱらぱらと碗の欠片が降ってくる。衝動の後の静寂に一瞬にして正気に戻った。

取り返しのつかないことをしでかしたことに気づいても遅い。

グラリ…と莉汪の体が傾いだ。倒れ込んできた体に悲鳴を上げて、押しのけようともがいた。割れた茶碗を捨て、必死で莉汪の体から這い出ようともがく。最中、体に生温かい液体が零れ落ちてきた。

粘り気のあるそれが何であるかは見なくても分かる。莉汪を殺めてしまったかもしれないという事実に完全に頭の中が真っ白になった。

(違う、私は悪くない。私は悪くない! 全部、莉汪が悪いのよっ!)

わけの分からない御託を並べて、無理矢理迫ってくる莉汪の方が悪いに決まっている。

声にならない悲鳴を上げながら、何とか莉汪の体を横にずらす。立ち上がろうにも腰が抜けて思うように体が動かなかった。縛り上げられた腕で床を這いずり少しでも遠くへ逃げた。が、「――ぅ」と聞こえた呻き声にハッとした。恐る恐る肩越しに振り返れば、莉汪が僅かに蠢いた。

(――生きてた)

ホッとしたのもつかの間。

のそりと身を起こした莉汪が頭を押さえながらこちらを見たことにまた怖気を覚えた。

ぴちゃり。

白菊は血が床に垂れた音がやたら鮮明に聞こえた気がした。

黒髪の間からのぞく青色の目に射すくめられる。指の隙間から赤い血が細い線を描いて垂れていた。

「あ……」

カタカタ…と恐怖で体が慄いている。

「しら……菊」

真っ直ぐ白菊を見据え、掠れ声で白菊を呼ぶ。それだけで金縛りにあったように体が動かなくなってしまった。

「白菊、好きだよ」

「あ……あ……ぁ」

立ち上がり、ゆっくりとこちらへ近づいてくる。一歩進むごとに揺れる頭から血が滴り落ちた。

「やめ……来ない……で」

「怖くないよ。さぁ、こっちへおいで」

「嫌……」

「俺といよう」

「ひぃあぁぁ……っ」

べったりと血のついた手で顔を撫でられ竦みあがる。

恐怖で体が麻痺していた。血に染まった微笑のなんと恐ろしいことか。

「も……やめて、許してよ……ぉっ」

震えた声で言葉を口にする。ただ目の前にいる莉汪が怖くてどうしようもない。

莉汪のすべてが理解の範疇《はんちゅう》を超えていた。

この男は狂っている。

一方的に求めてこられても、本当に何も覚えていないのだ。対処のしようがなかった。

なのに、莉汪は目を眇め、白菊の口の中に血で濡れた親指を押し込んだ。

「……ぅ、んん！」

「いつになれば白菊は俺でいっぱいになるんだろうな」

くちゅくちゅと唾液をかき混ぜながら呟いた。

口に血の味が広がる。飲み込めない唾液が口端から赤い線を描いて伝い落ちた。

押し込まれた指と血の味にえずく。たまらずそれに歯を立てた。

「いいよ、白菊にならば全部の指をあげる。好きなだけ噛み切って」

告げた莉汪の声に恐れはない。

どうしてこんな目に遭うのだろう。

歯に伝わる肉の弾力に涙が零れた。

「何でも言って。白菊の望みは全部叶えてあげたいんだ」

ならば屋敷へ戻して。

私に役目を果たさせて。

けれど、きっと莉汪には伝わらない。莉汪が白菊の本当の願いに耳を貸すとは思えなかった。

歯に込めた力を解けば、ゆっくりと口の中から指が引き抜かれた。血色をした唾液が糸を引いていた。

「屋敷に……帰りたい。都が」

「そんなつまらないことは忘れておしまいよ。あそこに白菊の居場所はないだろう?」

つまらないことって何が——?

断続的な恐怖と、繰り返される白菊の存在意義を否定する言葉にとうとうぷつり、と頭の中で糸が切れる音を聞いた。

莉汪にとってはつまらないことでも、白菊にとってはそれがすべてだった。唯一の居場所を白菊なりにずっと守り続けてきたのだ。それはそんなにもくだらないことだったのだろうか。

莉汪が愛を囁いた数だけ、心が濁っていくのを感じていた。莉汪の言葉は澱《おり》となり心に溜まる。

震えの止まらない体を莉汪が抱きしめた。肩口を湿らせる血の臭いに気が遠くなりそうだ。

「可哀相に……震えている。大丈夫、俺はもういなくなったりしない。だから、泣かなくていいよ」

組み敷かれても、もう抵抗する気も起きなかった。

ずっと張りつめていた糸が切れてしまったから、すべてが億劫になった。

つい先ほどまであんなにも莉汪が恐ろしいと感じていたのに、今は何も湧き上がってこない。

（こんな気持ちを何と言うのかしら……）

「愛している」

呪いのような愛の言葉を聞かされる時間がまた始まろうとしている。白菊の言葉は彼には伝わらない。愛を語るくせに、莉汪は白菊を見ていない。

頭を殴られ血が出ているのにもかかわらず、平然としていられるのは、彼が鬼だから。人ならざる者だから、何も見えないし何も聞こえない。人の心が分からない。

己のことだけしか考えられない、卑しい鬼め。

開かれた体にゆっくりと莉汪の欲望が押し込まれていく。

「あっ、……ん、んっ……ぁ」

体を揺らす律動に声が押し出される。莉汪が肌をなぞった後は、赤い線が残っていた。

「だいぶ中が柔らかくなってきた。まだ痛い？」

問われて、首を横に振った。

莉汪は愛おしそうに床に流れる髪を掬い、口づける。

（あぁ、気持ち悪い……）

「ねぇ、白菊。俺がいないと寂しいと言って」

耳障りな言葉に薄目を開ける。青い目の熱視線を受けて心はどんどん醒めていく。

誰がお前の望む言葉をくれてやるものか。

「早く……終わらせ……て」

「寂しいな」

素気無い態度に莉汪が口先だけの悲しみを零す。

「白菊が俺を欲したんだよ」

「また嘘……」

「嘘じゃない、この手が俺を呼んだんだ」

そう言って、莉汪は拘束された手に頬を擦りつけた。

赤い血がぽたり…ぽたりと降ってくる。莉汪は宛てた手の感触にうっとりと目を閉じていた。

「もう放さない」

「は……ぁ、ぅんんっ」

じゅぶじゅぶと太いものが粘膜を擦る音がする。深く突かれ続ければ、いずれ腐っていくのだろうか。

「下賤……のくせに」

「だから?」

「お前のせい……で、都は沈むの……よ」

「それでもいいよ」

「外道……が、私に触れていいわけ……んぁっ! あ……ぁ、や、あぁぁ――っ!」

体勢を横向きにさせられ、違う角度で中を抉られた。新しい刺激に目の前がチカチカする。広げられた脚の片方を抱き込まれ、そこにも赤い花をつけられた。

「どうしてお前に触れてはいけないの? 誰よりもお前を愛しているのは、この俺なのに。ほら、嫌だと言ってもここはこんなにも俺に甘えてきているじゃないか」

「違……う、そんなわけ……あぁっ!」

「俺の愛しい子。都を守る者だから、何だというの? そのせいでお前は何を犠牲にした?」

「あ……ぅ、くっ。ん……んん……、お前には……関係な……いっ」

「全部忘れておしまいよ。その代わりに俺が新しいお前をあげる」

ぐんと大きくなった欲望に目を剥き、莉汪を振り仰ぐ。欲に塗れた美貌が壮絶な色香を纏い笑った。

「目を覚ませ」

「ひぃっ!?　あぁぁ――っ!」

激しい律動が白菊のすべてを支配した。凶悪なものが最奥を突き、「すべてを受け入れろ」と迫ってくる。腰骨に響く振動が心臓をも突き動かす。両手に顔を埋め襲いくる鮮烈な刺激に耐えていると、脚を離し体を寄せてきた莉汪に首筋を噛まれた。

「あぁっ!!」

直接的な痛みに体が悶える。反射的に莉汪の欲望を締めつければ、微かに息を呑む音を聞いた。それでも莉汪は責め立てる腰を止めない。揺さぶられ擦られるうちに皮膚の内側が騒めき出した。

「あ……はぁ……ん、ん」

灯された快感の火種が血の道を通って、体中を熱くさせた。子を成す部分がじんじんする。

莉汪が蜜襞を捲り、むき出しになった花芯を指の腹で捏《こ》ねた。

「ひぁっ、や……あっ、あっ!」

頭の天辺まで一気に駆け上がってくる刺激にたまらず手をその部分へ伸ばした。莉汪の腕を掴み強すぎる快感に首を振る。

「い……たいっ、やぁ、あ……んっ!」

外と中を同時に弄られ下肢の内側をちりちりとしたものが這い上がってくる。

直後。

目の奥で瞬く閃光に動悸を覚えた。追い立てられ、急かされるまま意識を律動に乗せた

(何かくる――っ)

「――あぁっ!!」

体の内側にあたった飛沫の熱に一瞬、目の前が真っ白になった。

どくどくと体の深い場所へ流れ込んでいくのを感じる。

(また犯された)

一瞬の緊張から解放された体が弛緩した。体のあちこちでぐずぐずと快感の余韻が燻っている。

『そのせいでお前は何を犠牲にした?』

「……っ」

凌辱の最中に折られた心が今頃になって痛みを訴えてきた。

まるでこれまでの時間を見てきたかのように白菊を語った。何も犠牲になどしていないと否定できたらどれだけ清々しただろう。

けれど、虚勢を張るには今の自分はあまりにも惨めだった。

悔しいけれど、莉汪の言葉は図星を突いていた。でなければ、これほど傷つくことはない。白菊はこの身に流れる血の高貴さが無意味であることをよく知っている。莉汪の言葉通り、白菊は誰にも見向きもされなかった。

じくじくと汚《きたな》い泡を吐いて体に広がっていく感情の正体から目を背け続けるのにも限度がある。

情けなさが涙となって頬を伝った。莉汪がそれに手を伸ばす。だが。

「……出ていって」

白菊はそれを許さなかった。頬に触れる寸前で莉汪の動きが止まる。僅かな沈黙が落ち、ややして戸口に人の気配が立った。

「莉汪」

聞いたことのない男の声だ。それだけなのに、やたら腹立たしかった。

——こんな男ですら名を呼ぶ者がいるというのに、なぜ自分はいつもひとりぼっちなの。

「出ていって」

感情のない声に莉汪が何か言いたげな素振りをする。しかし、白菊に取り付く島もないと分かると、溜め息をついて体を起こした。

「絶対に外には出るな」

意味のない忠告を残し、莉汪は部屋から出て行った。

☆★☆

莉汪が外に出ると、戸口の横で浅葱が外壁にもたれかかっていた。先代の頭譲りの三白《さんぱく》眼《がん》をした浅葱は莉汪の姿を見るや否や、呆れ声を上げる。

「ひどい有様だな、莉汪。手、貸してやろうか？」

体を起こして近づいてきた浅葱に苦笑して、小さく首を横に振った。

「いい。見た目ほど酷くない」

「とはとても思えないけど。足元がふらついてるぜ？」

言うなり、むんずと片腕を取られた。骨ばった痩せた体に似合わず浅葱は力強い。背丈はさほど変わらないが莉汪よりも貧弱に見えるのは浅葱が持つ陰気な空気のせいだ。

「小娘ひとりにこの様とは……。矢科の鬼が聞いて呆れる」

「小娘じゃない、白菊だ」

取られた腕をやんわりと外し、訂正した。

「どちらでも大差ないだろ」

ふんと鼻を鳴らして、浅葱が言った。

「あれをここに囲ってどうするつもりなんだ。お前が珍しく女と籠もりっぱなしになるものだから、みんなが浮き足立ってるぞ。いつもならせいぜい一晩だったろうが」

「気に入った子を傍に置くのがそんなに珍しいことか？　みんなやってることじゃないか」

「お前だからだろ。しかも、よりにもよって幼女趣味だったなんて勘弁してくれよ。散々遊びすぎてそこらの女じゃ勃たなくなっちまったか」

「酷い言われようだな」

誰が幼女趣味だ。これまでの女は関係ない、自分は白菊が好きなのだ。

明後日の方向に飛んだ話題を一笑に付し、莉汪は岩壁沿いの小道を渡り始めた。やまない雨が着衣を濡らす。そこで、不意にカクン…と膝が折れた。

「……っと。だから言ってるだろ！　こんな時こそ手すりを出せ」

諌められ、浅葱が乱暴に岩壁の一部分を押した。凹んだ一画から現れた取っ手を回して、霧の中から手すりを出す。

「大げさだよ、本当に大した傷じゃない」

「馬鹿野郎、寝言は寝て言え」

一旦、小道から無理矢理引きずり戻され、立ち位置を交代させられると浅葱が先頭に立ち、莉汪を引っ張るようにして小道を渡り出した。

（まったく、お節介だなぁ）

昔から浅葱は何かにつけて莉汪の世話を焼きたがる。莉汪が新たな頭領《とうりょう》となったのも先代の息子である浅葱の強い推薦があったからだ。その理由も、「俺にはお前ほどの吸引力はない」だった。それを言うなら、面倒見のいい浅葱の方がよほど頭領に相応しい。浅葱は薬学に詳しく、仲間内からも慕われている。それに比べて、よくも悪くも悪目立ちする容姿以外、莉汪には飛びぬけて秀でているものなどないのに、と当時は呆れた。

浅葱は莉汪を引っ張り、淀みなく小道を進んだ。

この道を手すりなしで歩けるのは、山賊の中でも莉汪を含めてごく数人しかいない。大抵の者は、道幅の細さに恐怖心を煽られ、谷底から吹き上がる風に足元を掬われて命を落とす。先ほどのように攫ってきた者の処刑場として、そして仲間達の娯楽場としてもこの場所は最適だった。ただし、それはあくまでも傍観者であった場合の話だ。風の音はこの場所で命を落とした者達の無念の咆哮だと言ったのは誰だったたか。

けれどそんな薄ら寒い場所も、莉汪と浅葱にとっては昔からの遊び場だったという認識の方が強く、今さら恐怖心に足が竦むこともない。

それでも、さすがに今は少し血を流し過ぎた。調子に乗って白菊を抱いたせいか、さっきから意識がぼんやりとする。

「可愛かったなぁ～」

血に怯えながらも快感に抗えなかった白菊の痴態を思い出し、呟いた。

忍び笑いをする声に、前を歩く浅葱が嫌そうに振り返る。

「変態め」

「何か言った？」

「いや。それよりお前、いつから気づいてた」

「何のこと？」

「とぼけるな、あの小娘が逃走しようとしていることに気づいたのはいつだと聞いているんだ」

窘められ、ひょいと肩を竦めた。

「今夜が初めてだけど？」

「嘘つけ。……だからか、あれが窓から盗み見てるのを承知で使う必要のない手すりをご丁寧に出したのは。そうやって希望を掴ませておいて、いざ逃走したらしたで意欲をへし折るつもりでいたんだろ」

「傷つくなぁ、人を人でなしみたいに」

「実際そうだろうが、厚かましい」

苦言を微笑で受け流し、莉汪は「それで」と話題を変えた。

「都の様子はどうだった？　見てきたんだろ」

質問に答える気がないことを知ると、浅葱は渋々口を開いた。

「あぁ、人柱が攫われたと大騒ぎだったぜ。あの様子じゃまだ代わりを見つけられていないな。なにせ、朝廷の威信《いしん》をかけた社再建だ。生半可な血筋じゃ面目が立たないだろう。それこそ今の大王の娘くらい献上しないと無理だな」

「それで、大王は娘を差し出しそうなの？」

「出すと思うのかよ」

「――ないよね」

空笑いすると、ずっしりと重い灰色の空を見上げた。

「それにしても、この長雨が俺達のせいだなんて、朝廷も思いきったことを言ったものじゃないか。あいつ等の頭はどうなっているんだろう？　きっと揃いも揃って馬鹿ばかりなんだろうね」

「朝廷は俺達矢科の賊に随分苦汁を呑まされてきたからな。討伐隊は軒並み返り討ちだって言うんだから、面目丸潰れだろ。それこそ腸が煮えくり返ってたんだろうよ。そこに降った長雨と朝廷のお抱え術者の放った鶴の一声。加えて民衆の不満も高まっている今ならと思ったんじゃないのか」

「機が熟した、てところか。自分達の弱さを俺達のせいにするなんてさ、愚かだよね」

「そんなことを俺に愚痴るなよ」

「ふふっ、それでその〝時視の巫女〟……だっけ？　なんでも彼女の予言は外れないそうじゃないか」

さも聞いた話のように母を語る自分はなんて滑稽《こっけい》なのだろう。語る傍から笑いがこみ上げてくる。

「まぁな。けど、今回ばかりはどうだろう。朝廷がそう言っているだけで真偽は分かんねぇよ」

遠くを見遣る浅葱に、莉汪は目を眇めた。

相槌《あいづち》を打つも、莉汪はそれが真であることを知っている。

なぜ時視の巫女は社を破壊した犯人を山賊だと告げたのか。〝時〟を自在に渡り視ることができる者しか知り得ない結末がある。

矢科山に住みついた山賊は朝廷にとって目の上の瘤《こぶ》だ。加えてこの長雨。矢科の山賊は莉汪が頭領になって以来、残虐性が増し襲撃の方法も狡猾になった。

朝廷が手をこまねいていたところに降った長雨と時視の巫女の予言。彼等にとってまさに渡りに船だったに違いない。

九竜川の社を再建すれば本当に長雨が治まるとどれほどの人間が信じているのか。

だが、下界のことなど関係ないと笑っていられない状況になりつつあるのも事実だ。

矢科山でも長雨の影響が出始めている。雨を吸い緩んだ土壌が土砂崩れを起こし始めているのだ。

「山の様子は？」

「反対側の斜面はところどころ山肌が露出した場所がある。けど、この状況だ。迂闊に近づけば俺等ですら巻き込まれる」

「深刻だね」

山が崩れれば、それだけ敵の侵入を容易くしてしまう。朝廷の思惑はさておき、自分達がいる山の安全はどうにか確保しないと。

「お前はどう思う？」

「何が」

目を向ければ、神妙《しんみょう》な顔をした浅葱がこちらを見ていた。

「はぐらかすな、この事態の顛末《てんまつ》に決まってるだろう。——莉汪、お前本当は知っているんじゃないのか？」

「そんなはずないよ」

「莉汪」

ごまかすな、と浅葱が咎めた。

「お前、昔は妙な特技があったよな。どこから仕入れてきた情報なのか、相手が誰にも話していないような過去をお前はなぜか知ってた。それって時視の力と似てないか？」

まったく、はなはだ迂闊だったと思う。

白菊の過去を視て以来、莉汪は他の物の過去も視れることがあった。それで得た事柄を脅しの材料に使ったことはあったが、せいぜい一、二度だ。力の特異性も危険性も分かっていたからこそ、それ以降、莉汪は力の存在を隠した。だが、浅葱は今でもふとした拍子にそのことを話題にあげる。ただの好奇心か、はたまた何かしらの思惑があるのか。どちらにしろ真実を話すつもりはない。莉汪が時視の力を持っていることを知られれば、それを利用しようとする者が確実に現れるに決まっている。

莉汪の出生は、〝時〟を視られる者以外誰も知らない。莉汪の母親が時視の巫女であることを知っているのも、莉汪だけだ。

だが、浅葱は疑っている。

「昔から摑みどころのない奴だったが、今はまるきりお前の考えが見えない。お前の傍に居続けた俺ですらそうなんだ。他の奴等はお前の行動に動揺している。不信はいずれ亀裂を生むぞ。今も莉汪を支持する一派と反感を抱いている一派で乱闘の真っ最中だ」

「だからお前が頭領になればいいと言ったんだ」

「お前が気をつければいいだけの話だろうが」

頭領には浅葱よりも莉汪の方が相応しい。そんな簡素な理由では納得できない者もいるのだ。

（考えが見えない、か……）

その言葉にどんな意味合いが込められているのだろう。だが、どんな理由があろうとも。

「俺はお前が好きだよ。浅葱」

「――ッ」

虚を衝かれた表情にぷっと噴き出し、雨で濡れた髪をかきあげる。まだ止まらない血がべっとりと手のひらを赤く染めた。

「あぁ、ひどいな」

さすがにちょっとまずいかもしれない。

ぼんやりと手のひらを眺めていると、浅葱が懐《ふところ》から手拭いを取り出し傷口に宛てがった。

「あとで俺の部屋に来い。傷薬を調合してやる」

「浅葱の薬は沁《し》みるから嫌だ」

気乗りしないと口を尖らせれば、容赦のない眼光が飛んできた。

「冗談だって。そんな怖い目で見るなよ。仲裁を終えたら必ず行くよ。はい、約束」

「本当だな。女相手に流血沙汰なんて笑えんぞ」

「だって、白菊が可愛いんだ。どんなふうに鳴くのか聞きたい？」

「――いや、いい」

心底嫌そうな顔をした浅葱をくすくす笑って、手拭いを受け取った。が、ふと思案を浮かべた浅葱の視線が一瞬、崖の離れに向けられた。

「けど、そんなにいい女なのか？　だったら、俺にも」

「駄目だよ」

間髪を容れずに釘を刺す莉汪に、浅葱は呆気にとられた。

「何だよそれ。たった今、俺をけしかけたよな!?　それとも、自慢か、惚気か!?」

「言ってみただけ」

「お前なぁ……」

唸る浅葱を笑いながら、莉汪はゆっくりと口を開いた。

「白菊には手を出すな。二度は言わないよ」

柔らかな口調に似つかわしくない冷え冷えとした視線。ゆらり…と立ち上がった物騒な気配に、浅葱の表情が強張った。

これまで幾度彼の傍でこの表情を見てきたことか。愉悦すら浮かべながら残虐の限りを尽くす矢科の鬼。それこそ莉汪の本性だ。

浅葱の背中に悪寒が走る。

沈黙を了承と受け取った莉汪はすぅ…とそれを内にしまうと、「行こうか」と浅葱を促した。

☆★☆

その人とはもう夢の中でしか会うことができない。

〝彼〟がどんな姿をしていて、どんな声なのかも分からないくらい古い記憶に棲《す》む人。もう二度と戻れない時は夢の中でしか味わえない。夢の中で見る〝彼〟はいつも真っ黒な影に覆われていた。

〝彼〟といると幸せな気持ちになれた。〝彼〟と会う時の自分はいつだって幼い姿になっていて、自分は一生懸命拙い言葉で〝彼〟に話しかけるのだ。

『――さまぁ』

白菊の呼びかけに〝彼〟は振り向き、手を差し伸べた。長い指をした大きくて綺麗な手だ。白菊は手だけではなく〝彼〟の存在すべてが美しいと感じていた。

『どこへ行くの？』

『いいところだよ』

『いいところ？』

手を握り返し問いかけると〝彼〟は微笑んだ。

『誰も知らない、二人だけの秘密の場所なんだ。だからつくまでのお楽しみだよ』

秘密の場所、という魅惑的な言葉に心がときめいた。〝彼〟と秘密を共有することで特別な繋がりができたみたいで嬉しかった。

一緒にいるだけで胸が高鳴る。白菊のすべてが〝彼〟を愛おしいと感じていた。

長い道を二人で歩いた。しばらくは〝彼〟の横を歩いていたが、ほどなくして〝彼〟の腕に抱かれた。白菊は〝彼〟からする甘い匂いが好きだった。〝彼〟は獣道をすいすいと進んでいく。まるで、山が〝彼〟の為に道を開いていくようだった。似た景色の中をどれくらい進んだだろう。暗い穴倉に足を踏み入れた時は、さすがに恐ろしかった。

ぎゅっと〝彼〟の首にしがみつくと『怖くないよ』と背中を撫でて宥められた。

光が薄くなり、山の音も聞こえなくなった。わずかに湿り気を帯びたひやりとした風が道の先から吹いてきている。戸惑いながら〝彼〟の横顔を見つめるが、そこに不安は微塵《みじん》も浮かんでいない。

白菊はこわごわではあるが、じっと〝彼〟が向かう先にある闇を見つめていた。すると、微かに水の音が聞こえた。

それは白菊の小さな心を興奮で震わせた。

思わずまた〝彼〟を見上げる。

『もうすぐだ』

その言葉通り、闇はある瞬間から光に包まれた。一面を岩で覆われた洞窟《どうくつ》の一辺から差し込む一筋の青い光が、水面を照らしている。天井からはつらら状の無数の石が垂れ下がっていた。大気を舞う塵《ちり》がキラキラと煌めく様は神々しくさえある。

『さぁ、降りて』

ゆっくりと地表に降ろされかかるが、白菊はその壮麗な光景に怖じ気づき嫌がった。

『いやぁ、怖い』

『ははっ。そうか、白菊にはまだ怖かったか』

むずがる白菊を抱え直し、〝彼〟はゆっくりとその中を歩き出す。

『ここは長い時が作った偶然の産物なのさ。見てごらん、足元を流れるのは九竜川だ』

促されて足元を見た。水面は波立ち、流れゆく音がする。思わず手を伸ばすと、〝彼〟は「降りるのか？」と尋ねてきた。ふるふると首を振り、また〝彼〟にしがみつく。

闇と光と、水の音しかしない場所。幼心ながら漂う荘厳で崇高な気配を覚えた。

自分もまた自然と一体となれたような不思議な感覚がある。

白菊はゆっくりと辺りを見渡した。

『まだ恐ろしいか？』

問われて、首を振った。本当は怖かったけれど、〝彼〟が傍にいるなら大丈夫だと思えた。

『このお水はどこからくるの？』

空のないこの場所で眼下いっぱいに溜まった水はどこから集まってきたのだろう。

〝彼〟はゆっくりと指を水面の先へ向けた。深く奥まった岩壁に半分ほど水で埋まった空洞があった。その先はまた光のない闇だ。

『おそらくあの先からだろうね』

『あの先には何があるの？』

『さぁ、何があるのかな。俺も知らないんだ』

『ふぅん……』

白菊もまた〝彼〟が指差す暗い穴を〝彼〟と共に見つめた。

『でも、もしかしたら桃源郷があるのかもしれないよ』

『とうげんきょう？』

初めて聞く言葉に、白菊は首を傾げた。

『うん。そこはこの世のものとは思えないほど美しい場所で、幸せが溢れているそうだ』

『しあわせ？』

『そうだよ。白菊の幸せは何かな？』

問いかけられ、白菊は困った。

『――さまの幸せはなに？』

『俺の幸せは白菊と一緒にいることとさ』

『本当？』

『もちろん、ずっと一緒だ。いつか行けるといいね、二人だけの桃源郷にさ。だからそれまではこの場所のことは誰にも話してはいけないよ』
言い含める声を最後に、その夢は閉じた。

——眠っていたのね。

気だるさを纏った体に、また意識が戻ってきた。

とても懐かしい気持ちになる夢を見ていた。まるで〝彼〟と本当に語らったことがあるような、何とも言えない郷愁《きょうしゅう》が胸に広がる。

「う……」

身を起こしかけ、腰骨辺りから走った疼痛に呻いて、また褥に戻る。

辺りは薄暗い。どれくらい眠っていたのか、もう時の刻も分からなかった。

莉汪は何度この身を穢せば気がすむのだろう。

四肢を重石で繋がれているみたいな倦怠感のせいで、体が重くて仕方がない。

もう幾日過ぎただろうか。儀式まであと何日残っているのだろう。

(——関係ないか)

案じたところで、白菊には為す術がない。

守ってくれる者はひとりもいない。

どうして自分はいつもひとりぼっちなのだろう。

母は〝時視の巫女〟、父は先の大王とこれ以上にないほど高貴な血を持って生まれたものの、白菊は孤独だった。

白菊は父という存在がどんなものなのかを知らずに育った。なぜなら、父の寵愛は常に母だけに注がれていたからだ。そんな母は、子供のような無邪気さで残酷な言葉を口にする人だった。だから、白菊はいつも母の顔色を窺って生きてきた。

どんなふうに扱われようと、白菊にとって母は唯一無二の人だから。同時に〝時視の巫女〟という崇高な存在の娘であることが白菊の誇りであり支えだった。

けれど、白菊が十六年で手に入れられたものはとても少ない。

ひとつは高貴な血筋。もうひとつは母がくれた「特別」という言葉だ。

莉汪の言う通り、本当は薄々気づいていた。分かっていたけれど、認めたくなかった。

父はとても深く母を愛し、母を一歩も外に出さなかった。時視もすべてあの屋敷で行わせ、必要最小限の者としか会話も許さなかったそうだ。

父が崩御する〝時〟を視た日、母は屋敷中に哄笑《こうしょう》を響かせ狂喜乱舞《きょうきらんぶ》した。そのおどろおどろしさに使用人達は震え上がった。

白菊もその目で笑い狂う母を見た。あんな姿、一度も見たことがない。

母は大王のことが嫌いだったのだ。いや、憎んでいたのかもしれない。

(だからなのね)

忌み嫌う男の血を受け継いだ白菊のことも嫌悪していた。認めたくはないけれど、それが現実なのだろう。

『お前を見ていると苛々するのぉ』

幼い頃投げつけられた刺々しい言葉達が、今頃になってもまだ白菊を虐める。

もし時視の力を受け継いでいたなら、母は自分を見てくれただろうか。母のもとで暮らせていただろうか。

力を受け継げなかったのは白菊のせいではないけれど、期待に応えられなかった娘はいらない、と思われてしまったのだろう。

腹を痛めて産んだからといって必ずしも母の愛情が注がれるわけではないのか。あぁ、なんて残酷な現実をあの男は突きつけたのだろう。

都に長雨が降り出し、朝廷は九竜川の社を再建する人柱に白菊を指名した。理由は単純で明瞭だった。

白菊以上の血筋を持つ者がいなかったからだ。

先の大王の血を引き、時視の巫女を母に持つ白菊は人柱に据えるにはうってつけだったのだろう。そこで初めて白菊は母の言葉の意味を知った。

〝都の守り人〟とはこのことだったのだ。

もっと輝かしい未来を意味する言葉だと思っていたけれど、身を捧げることに決めたのは、自暴自棄になったからでも人生に悲観したからでもない。生まれてきたのなら、何かしら成し遂げるべきことがあるはず。白菊は母が告げた言葉が現実となる日を待ち望んでいた。ならば、それに従うべきだ。

(誰にも言わなかったけれど、私にも守りたいものがあるの)

ひとりが寂しいと泣いた夜、翌朝には必ず枕元に置かれてあった花。あれを置いてくれた人もきっとこの長雨を愁い、困っているに違いない。

会ったこともない、言葉を交わしたこともない人を守りたいだなんておかしいだろうか。貰った花達は押し花にし、小さく潰して袋に詰めたものを守り袋と思い肌身離さず持ち歩いていた。

白菊は守り袋を屋敷に置き忘れてきたことに気づいて、乾いた笑みを零した。

(もう残ってないでしょうね……)

白菊にはなによりも大事なものだったけれど、他人には何の価値もないものだ。偶然、手元から離れた夜に山賊の夜襲に遭うのだから、もしかしたら少しはお守りとしてのご利益があったのかもしれない。でなければ、こんな事態に陥ってはいなかったはず。

白菊は今も降り続く雨の音をぼんやりと聞きながら、涙を零した。二人分の汗を吸ってしっとりと冷たい褥を僅かばかり湿らしたところで大した差はない。頬を埋め、身に起きた不幸に泣いた。

こうして十六年の間、何度泣いてきただろう。

そのたびに自問した。

どうして自分はひとりぼっちなのだろう、と。なぜ自分ばかりがこんな目に遭うのかと。

答えてくれる声はいつだってなかったけれど、その代わりに枕元に置かれた物言わぬ花が慰めてくれた。

でも、ここにそれはない。

天命を果たすこともできず、賊の慰み者に成り下がるしかない自分はなんて弱虫だ。

藤江の命を犠牲にしてでも、あの道を渡ってやろうか。

思うだけで、実際は足を踏み出すことすらできないことも分かっている。だから弱虫なのだ。

改めて視線だけ部屋へと向ける。莉汪はたかが慰み者にどれだけ貢ぐつもりなのだろう。

欲しい答えは何ひとつ語らないくせに、どうでもいいことだけはうるさく囁いてくる。

あの男の「愛している」は鴉《からす》の鳴き声ほど鬱陶《うっとう》しい。そのくせ白菊を壊してやりたいと言い、守ってやりたいと言うのだ。

支離滅裂《しりめつれつ》な莉汪の思惑など白菊には到底測れないし、知りたくもない。

なぜ一番煙たい存在からしか愛は与えられないのだろう。

「……逃げたい」

誰でもいい、ここから助けてほしい。

発した懇願は雨音に紛れて消えたと思った。

「逃がしてやろうか」

カタン…、と戸口が開いて男が言った。

馴染みのない声音に、微睡んでいた脳が慌てて覚醒する。身を起こし、寝乱れたままの着物を不自由な手で掻き合わせた。

「誰！」

一喝に、男が笑う。

この声、莉汪を呼びに来た男か。

「お前が白菊か」

現れたのは三白眼の男だった。きりと吊り上がった双眸と太い眉。莉汪とは違う粗野な声音の男は初めて見る顔なのに、なぜだか、とても嫌な感じがした。戸口の傍で人影が動いた。おそらく朴だ。

「山賊はみな身のほどをわきまえないのね。お前等ごときが軽々しく口を利ける相手ではないのよ、控えなさい」

男は冷やかしの口笛を吹いた。馬鹿にした態度に白菊は口を閉ざして男を睨みつけた。

「威勢だけは一人前だな、さすが気位だけはお高い」

嘯き、その男のみ中へ入ってきた。白菊の虚勢に臆することなくずかずかと目の前までやってくると、しゃがんで白菊の顔を覗き込んだ。

「お前次第で逃がしてやる」

男が思いもよらない言葉を告げた。それは、諦めていた逃亡への活路だった。

白菊は目を見開き、まじまじと男を凝視する。

心を満たしたのは歓喜よりも、男に対する猜疑《さいぎ》だった。

(どういうことなの？　でも、今確かに逃がしてやるって)

白菊が向ける胡乱な表情に男がニヤリと笑う。三白眼の目を見返しながら男の意図を探した。浮き出た頬骨と不健康そうな肌、口元に浮かんでいる愉悦から狡猾な印象を受ける。こんな男の話を真に受けていいのか。この男も山賊の一人だ。

そもそも、このことを莉汪は知っているのだろうか。

押し黙っていると、「それとも莉汪に堕ちたか」と言われた。

「違うわ！」

「ムキになっちゃって」

「触らないで！」

伸びてきた手を叩き落とし、プイッと横を向いた。

(莉汪に堕ちたかですって!?　馬鹿にして、誰があんな下賤に心許すものですかっ)

全身で怒りを露わにさせると、やれやれと男が鼻白んだ。

「おい小娘。お前、人柱なんだって？」

「小娘ではないわ」

「あぁ、悪い。俺は浅葱だ。お前が呼ぶことはないだろうが一応礼儀だからな」

浅葱は莉汪よりは話が通じる男のようだ。久しぶりにまともに会話ができそうな相手と出会い、少しだけ浅葱と名乗る男に興味が湧いた。チラリと横目で窺い見る。

目が合うと、また笑われた。

「先の大王の娘だというからどんな女かと思ったけれど、なかなか骨があるじゃないか。莉汪を殴り倒しているんだって？　しかもとうとう流血沙汰だろ、命知らずもいいところだって、仲間達が驚いてたぜ」

「あれはっ、……あの男が悪いのよ」

「ははっ、だろうな」

そう言って、浅葱が本格的に腰を下ろすと、零れたままの御膳と酒瓶を見遣り、溜め息を吐き出した。

「莉汪は恐ろしいだろ」

しみじみとした声音は決して口先だけのものではないように感じられた。

そう、莉汪は恐ろしい男だ。常人が持つ常識で測れるような男ではない。そのことを白菊は身を持って痛感させられてきた。同じことを感じている人間が自分の他にもいる。それだけで浅葱に少しだけ親近感を抱いた。

「逃げたいだろう？」

また、だ。

なぜ彼は何度も尋ねるのだろう。

逃げたい。けれど、白菊にはもうその術がない。あの男に囚われてしまったから、逃げ出すことなどできるはずがなかった。

頷きたくてもできない白菊を見て、浅葱が苦笑した。

「都は……、九竜川はどうなっているの」

「相変わらずだ。だが、雨が止まなければいずれ都は水に沈む」

予想通りの答えにギュッと着物を握りしめた。

「朝廷は何をしているの？　新たな人柱が選ばれたのでしょう？」

浅葱は首を振った。

白菊が攫われた今、次なる柱を決めなければ儀式はできない。けれど、白菊と同等の身分を持つ者がそう易々と人柱になるはずもなかった。そういう意味でも白菊は特別だったのだ。

「お前は可哀相だな」

蔑みとも慰めともとれる言葉に、カッと頬を赤くさせた。

「人柱にされかかるわ、矢科の鬼には喰われ続けるわじゃ、いいことなんてひとつもないだろう。悲惨な人生だよな」

あけすけな同情が、ぐさりと心に刺さった。

「そ……っ、んなことないわ！」

動揺で声を詰まらせながらも精一杯の虚勢を張った。山賊にまで憐れまれてしまうほどの人生だなんて思いたくない。

「私は満足しているわ、この命が都を救うのですものっ。悲惨なのは、お前達が私を攫ったことよ！」

「へぇ、運命を受け入れているのか」

「当然よ、……それが私の天命だもの」

果たして、戻ったところで誰が白菊の帰りを喜んでくれるだろうか。

（お母様は私を……）

嫌っている。という言葉を受け入れるには、まだ辛すぎる。口の中に染み出す苦々しい感情を奥歯で噛み締めた時だ。

「天命か、その年でなかなか言える言葉じゃないぜ」

突然称えられ、面食らった。目を丸くすると、「いや、俺はお前を見誤っていたらしい」と言われる。

「その天命は今も感じているか」

「……」

答えに窮すると、「俺と二人で莉汪を出し抜いてみたくないか？」と思いがけないことを言われた。

それは予想もしていなかった提案だった。てっきり天命を肯定できなかった白菊を笑うのだと思っていただけに、すぐには頷けなかった。

「どういうこと？」

「俺は朝廷の内偵者だ」

「――え」

驚く白菊に、浅葱が声を潜めてきた。若干前かがみになる浅葱につられて白菊も身を乗り出す。朴に聞かれるのを警戒しているのかもしれない。すると「お前を助けに来た」と囁かれた。

「俺は賊のふりをしながらずっと山賊討伐の機会を窺っていたんだ。今回の人柱の強奪は朝廷の逆鱗に触れた。お前は先の大王の娘だ。朝廷だって望んでお前を人柱にしたいわけじゃない、苦渋の決断だったんだよ。そこは分かってくれ」

浅葱の話には目が覚めるような言葉がたくさん詰まっていた。

朝廷が自分をそんなふうに見ていたなんて初耳だ。

「お前の身の安全は俺が必ず保障してやる。だから、俺に協力してほしい」

聞かされたのはどれも聞き慣れない言葉ばかりだった。ここでずっと自分の生き方を否定する莉汪の言葉ばかりを聞いていたから、これまでの生き方を肯定されることなど考えてもいなかった。

心がぐんと浅葱の言葉に傾いた。

彼が朝廷の内偵者で白菊を助けに来てくれたことも、たまらなく嬉しかった。そんな彼が白菊に協力を求めている。

(でも……)

「藤江は、あの女房はどうなるの。私が逃げ出せば」

「山賊を討ち取れさえすれば、すべてうまくいく」

つまり白菊が逃げ出しても、藤江は助かるということだ。

それでも、白菊は戸惑っていた。莉汪の猟奇的なところを散々見てきたから、降って湧いた話に心が怯えている。

朝廷の内偵者だと名乗る浅葱だが、白菊の中ではまだ山賊だ。そんな彼を信用していいのか分からなかった。

「お前は時視の巫女の娘でもあったんだよな」

白菊の素性は先の大王の子であること以外、公になってはいない。世間から隠された存在であることが、白菊に特別感を与え続けていた一因でもあったのだ。

だが、それがどうだと言うのだろう。

困惑の表情に、浅葱は懐から何かを取り出した。

「それ……」

手のひらに載せて差し出されたのは、櫛だ。見覚えのある色合いと形に瞠目した。

「時視の巫女から預かってきた。お前に渡してほしいそうだ」

藍色のそれは屏障具の外からも見ることができた。母はそれを肌身離さず持っていて、眺めていることがあったからだ。

（あれは櫛だったのね）

白菊は震える手でそれを受け取った。さして重くないはずなのに、手のひらに載せた櫛はずしりと重く感じた。握りしめると熱いものがこみ上げてくる。喉を焼く感覚に、いつもなら溢れそうになる嗚咽を堪えるけれど……。

「……ぅ、うぅ」

母が大事にしていた櫛をくれた。それだけで心が満たされていくのを感じた。

じわり、じわりと胸に染み入る感情があった。白菊がずっと欲しいと願っていたものだ。

あぁ、どうして莉汪の言葉になど心を惑わされてしまったのだろう。信じていたものはやはり正しかった。莉汪の言葉は嘘だったのだ。

白菊につれない態度をとったのも、きっと何か事情があったからに違いない。

浅葱がくしゃりと白菊の髪をかき混ぜた。

「俺の話を聞き入れてくれるな？」

「――うん」

櫛を胸に抱きしめ頷くと、浅葱はホッと胸を撫で下ろした。

「私は何をすればいいの」

莉汪を討ち、屋敷へ戻る。浅葱が見出してくれた道に白菊は希望を感じた。

浅葱は懐からもうひとつ何かを取り出した。それは銅色の薬袋だった。

「隙を見てこれを莉汪に飲ませてくれ」

中身を訝しんでいると、「酒に仕込めばいい」と言われる。

「一時的に体の自由を奪う薬だ。酒瓶が空になる頃に効いてくるよう調合してある。そんな顔をするな、俺だって仮にも仲間と呼ぶ奴を死なせたくないんだ。捕らえた後はできるだけ刑が軽くなるよう取り計らってやるつもりだ」

骨ばった手が櫛を持つ手を包んだ。浅葱の手は温かかった。毛縄の拘束に痛ましげな顔を向ける。

「俺が必ずお前を時視の巫女のもとへ戻してやる」

自信に満ちた声に、白菊はここへ来て初めて心の底から安堵の息を吐き出した。

五章　企み

不思議だ。

数刻前まで深い絶望の沼に沈んでいたのに、今は心が落ち着かない。朝の訪れを知らせる白い光が格子窓から差し込んでくる。それは白菊の前を照らす希望の光明。浅葱と交わした密約は再び闘志を奮い立たせてくれた。

預かった薬袋はあの後すぐ酒に混ぜた。莉汪は無類の酒好きのようで、部屋にはいくつもの酒瓶が置いてある。見た目はどれも同じに見えるそれらを見比べ、どの瓶に混ぜようか迷ったが、まだ中身が十分入っているものを選んだ。飲みかけの物だと間違えて交換させられてしまうかもしれないと思ったからだ。

母の櫛は畳と板間との間に隠してある。本当はずっと肌身離さず身につけていたいけれど、この状況では見つかる可能性の方が大きい。莉汪は常にどこかしら白菊の体に触れていなければ気がすまないらしいのだ。はじめは撫でるだけだった手が唐突に着物の中に潜る。素肌を弄り、白菊の息を乱す。そのうちすべてを剝かれ組み敷かれる。その繰り返しだ。

ならば、白菊が一番多くの時間を過ごすこの褥に隠しておいた方が安全だと思った。ここなら常に自分の体で隠していられるし、莉汪に見つかる心配もない。

莉汪の傍らには常に酒瓶が置いてある。そのいずれかに薬が仕込まれていることも知らず、莉汪は美味そうに喉を鳴らせて酒を飲んでいた。

（早く捕まってしまえばいいのよ）

少し離れた場所で、賊の一人が黙々と御膳を並べている。食事を運んでくるのは決まって朴と呼ばれたあの男。寡黙が体をなしたような風貌は白菊が出会った誰よりも巨体だった。そんな男が一日二回、あの岩の小道を渡って食事を運んでくるのだから、ご苦労なことだ。

（それにしても……）

朴は浅葱がこの部屋にやってきたことを知っている。彼と結んだ密約が外にいる朴にまで聞こえていたかは分からないが、朴はそのことを莉汪に報告していないのだろうか。莉汪にこれといって変わった様子がないことに一抹の不安を覚えながらも、黙っていてくれるのならそれにこしたことはない。

ぼんやりと格子越しに灰色の空を見上げる。相変わらず雨が屋根を叩いていた。

でも、白菊の心は晴れ晴れとしていた。白菊にだけ見える新たな道があるからだ。

格子窓の向こうに巣くう蜘蛛を見る。いつあの蝶を喰らうのだろう。蜘蛛は巣にかかった蝶に近づく様子はない。

気づいていないのだろうか？　いや、そんなはずはない。知っていて放置しているのだ。貴重な食料だから〝その時〟まで取っておくのだろう。

亡骸となった身でいつまでも雨風に晒される蝶が憐れだと思った。けれど、それこそが自然の摂理。少なくとも、今白菊の腰に腕を絡め寝入っている男よりはまともだ。

白菊の心を散々かき回しておきながら、素知らぬ顔で傍に居続けるこのふてぶてしさ。図々しいのか無神経なだけなのか。おそらくそのどちらともなのだろうが、傍にいると腹立たしくて仕方がない。

何が「全部忘れておしまいよ」だ。危うく莉汪のでまかせに騙されるところだった。

『無事に戻っておいで』

この櫛は母のそんな願いが籠もっているに違いない。でなければ、手元に置いていたものを白菊に渡したりするものか。

(早くお母様に会いたい)

きっと今頃心を痛めているはずだ。一刻も早く屋敷へ戻り、母に無事な姿を見せてあげたかった。数えるほどしか会えなかったけれど、この局面になって気にかけてもらえていたことが嬉しくてたまらない。

自分は母が予言した都の守り人となる者。この都を救えるのは自分だけなのだ。それはなんて誇らしいことなのだろう。

『本当に、そうなのか？』

不意に莉汪の声がした。ハッとして見下ろすが、莉汪は寝入ったまま。空耳だったことにホッとするも、安堵する理由が分からずまた苛々した。

莉汪に関わると、いつも心がざわつく。

招いてもいないのに好き勝手に心へ踏み入り、白菊の人生を根底から否定する。口を開けば白菊への愛を囁く。四六時中べったりと傍に張りつき一日を過ごすのだ。

まるであの蜘蛛のように、張り巡らせた巣に白菊を捕らえ続ける。

カタン、と御膳の置かれる音がした。そちらに顔を向ければ、朴が白菊を見ていた。鋭い視線はあからさまな敵意が込められている。いつもそうだ。今日こそは何か言うのかと思えば、やはり何も言わない。無言で睨んで、また作業に戻った。

(言いたいことがあるのなら言えばいいのよ)

莉汪の手前、口にこそ出さないが朴が白菊を目の敵にしていることは感じていた。けれど、それを白菊にぶつけるのはお門違いというもの。白菊だって望んでここに留まっているわけではないのだ。

(睨まれたって、私のせいではないわ)

文句があるなら莉汪に言えばいい。

ここには不快しかないのかと思うほど、すべてに苛立ちを覚えた。

ツンと横を向いて、傍にあった肘置きに頬杖《ほおづえ》をつく。浅葱との密約があるからまだ自分を保っていられるが、そうでないならとっくに発狂している。

『必ずお前を巫女のもとへ戻してやる』

あの人はそう約束してくれた。きっと今頃、朝廷では白菊奪還と山賊討伐を兼ねた部隊が準備を整えているはずだ。白菊の役目は渡された薬を莉汪に飲ませること。あとのことは浅葱がやってくれる。

白菊は無事屋敷へ戻り、今度こそ都を救うのだ。

(人柱……か)

なのに、どうして心は重いのだろう。

浅葱はそれが朝廷の苦渋の決断だったと言った。白菊も自分の天命だと覚悟した。母の櫛を得て迷いは吹っ切れたはずなのに、まだ迷いの欠片が心の片隅を翳らせている。

(この男がくだらないことを言うからよ)

母は時視の巫女だ。その母の言葉が間違っていることなど……。

一瞬の躊躇いの間によぎった思いを白菊は首を振って追い払った。

早く母に会いたい。そうすればきっとこの重苦しさも消えるに決まっている。胸を張ってこの身を捧げられるはずだ。

自分が特別だという自負。それだけが白菊を支えてきたものだ。今さら外野のくだらない戯言に耳を傾ける必要はない。

白菊は莉汪の寝顔を見遣った。

今も纏わりつくようにして眠る莉汪は、しなやかな肢体を寝そべらせる獣みたいだ。

（綺麗な顔）

なんて長い睫毛だろう。莉汪の見目は端麗《たんれい》で、凄艶。通った鼻梁《びりょう》も形のよい薄い唇も、顎先から頬へと描かれる曲線も和国の者にはない風采だ。莉汪という名も聞き馴染みがない。なにより彼の青い目が和国以外の血を持つことを示していた。

（どこの国の人なのかしら）

こんな時でもなければ、莉汪の顔などゆっくり観察する機会もなかった。

眠る莉汪から警戒心はまったく感じられない。白菊に寝首を掻かれるとは思わないのだろうか。

（でも、この男ならそれすらも喜びそう）

なにせ殴られ怪我を負わされることすら嬉しいと言った男だ。

いったい、白菊の何が彼をここまで執着させているのか。

払っても払っても四肢に纏わりつく様子はまさに蜘蛛の糸のよう。父に乗られ蹂躙されていた母も今の自分と同じ気持ちを味わっていたのだろう。

けれど、白菊は莉汪を陥《おとし》れる手段をすでに手にしている。

白菊は何もせずとも、莉汪が酒を飲むのを見ていればいいのだ。浅葱は酒がなくなる頃に薬が効くと言っていた。それまでの辛抱だ。

何も知らない莉汪はひたすら白菊を甘やかす。彼が白菊に与えるものはどれも一級品ばかりだ。莉汪はいつもただの慰み者にここまでのことをするのだろうか。それとも少しも懐かないから躍起になっているだけなのか。

白菊はそっと先日殴った場所に手をやった。触れた髪は柔らかく掬った傍から指を流れていく。黒い絹糸みたいだ。

（噂とは全然違うのだもの）

けれど、これが彼のすべてではないことも白菊は知っている。外見が優男に見えても、そのうちには狂鬼を飼っているのも確かだ。

どこまでも我欲に忠実で他人を思いやることもなく、意に沿わなければ簡単に命を散らす。ひとたび手に入れたものには異常なほどの執着心を持って接する。それがこの毛網に表れている。

莉汪はそれを愛だと言うが、白菊はそんなもの欲しくない。

雨は変わらず屋根を打つ。その音にふと我に返った。

視線に気づけば、また朴がじっと白菊を見ていた。視線が白菊の手元に向けられていることに気づくと、慌てて莉汪の髪から手を離す。

触り心地がよくてついずっと触っていたらしい。

（ば、馬鹿馬鹿しいっ。こんなものに和んだりしないんだから！）

男の視線から逃れるように俯く。迂闊にも触り心地のよさに癒やされていたなんて知られたくなかった。

莉汪は卑しい山賊。今日白菊が従順なふりをしているのはいずれ救出されると知っているからだ。

（こんな男、絶対心に入れるものか）

あぁ、早く薬が効かないだろうか。

白菊はじっとりと恨みを込めた眼差しで莉汪を睨んだ。

「お前なんか、大嫌いよ」

「それは寂しいなぁ」

寝入っていたはずの莉汪が言った。驚きに声を詰まらせる。莉汪はゆっくりと瞼を上げ、青い瞳を白菊へ向けた。

「あぁ、よく寝た」

欠伸《あくび》をしながら起き上がり、白菊を背中越しに抱きしめる。吐く息が耳にかかり、肩が震えた。

髪に鼻を埋め充足めいた溜め息をつく。頬をくすぐる指が情事への誘いをかけてきた。楽しげに戯れる指から逃れたくて、白菊は身を捩った。

「何を考えていた」

嫌がるのを承知でかまう莉汪は間延びした声で問うた。

「俺のこと？」

「だ、誰がお前なんかのことをっ」

吐き捨て、横を向いた。が、言い当てられ、僅かに頬が熱くなった。

「愛らしいなぁ」

クックッと薄笑う莉汪に苛々した。

「こんな日は白菊と床で微睡んでいるのが一番落ち着く。……ここはあそこに似ていると思わないか？」

うなじに鼻をすり寄せ白菊の匂いを嗅ぐ仕草が嫌で、首を反らせる。

「いつまで思い出さないつもり？」

「お前など知らないわっ」

「つれない白菊も痺れるね」

「何をわけのわからないことを言っているの！」

嫌がる白菊にまったく頓着しない莉汪は抱きしめる腕に力を込めた。首筋を舐め上げ、がぶりと嚙みつく。

「いたっ」

「どうして白菊を見ていると嚙みたくなるのだろう。愛らしいのがいけないいな」

莉汪の言動は相変わらず支離滅裂だ。

またひとつ嚙み痕が増えたことにますます苛立ちがこみ上げてきた。

「このまま……」

「ん？」

「このまま雨がやまなければ、お前のせいよ」

莉汪は僅かに首から顔を上げ、失笑を零す。

「またその話か？　お前も懲りないね」

「だってそうでしょう!?　お前さえ私を攫ったりしなければ今頃」

「都の行く末などどうでもいいではないか」

天命を軽んじられ、頭に血が上った。

「お前はまるで分かっていない！　私が九竜川の怒りを鎮めなければ都が沈んでしまうの！」

「分かっていないのは白菊の方だ。どうしてお前の中にはいまだに俺以外のことを考える余裕があるのだろう？」

愛が足りないのか？　と神妙な面持ちで尋ねてくる莉汪に開いた口が塞がらなかった。

相容れない思考は平行線をたどるばかり。

都の危機などどうでもいいと断言し、己の欲求だけを求めてくる莉汪の利己的な考えに改めて愕然となった。

そして、唐突に理解した。

この男にとって、都の存在は関心を寄せる対象にもならない、無価値なものなのだ。それよりも、己の欲求をどうやって満たすかの方が重要で、その為なら万の都人の命もいいとわないと思っている。

面食らっていると、莉汪が面倒臭そうにため息をつきながら頭を掻いた。

「それで、都が水に沈むとどうだと言うのだ。天地の気まぐれは神の定めることで、俺達人間にはどうすることもできやしない。白菊ひとりが水神の供物になったところでその御魂を慰められると本気で思っているのか？　血の高貴さが必要なら何もお前でなくとも代わりはごまんといる。それとも、白菊は本気で自分が都を救えると考えていたのか？」

「だから、それはっ」

「都の守り人だからだろう。その戯言も聞き飽きて反吐が出そうだ。何の疑問も持たず馬鹿のひとつ覚えでその言葉を口にできるお前はよほど阿呆になりたいらしいね。白菊は気づいていないの？　その口が一度でも願望として都を救うことを語ったか？　それが課せられた使命であるから、そう思い込んでいるだけだろう。心の底では口で言うほど都の行く末など気にしていないのではないか。お前にはもっと他に望んでいることがあるはずだ」

「そんなことない！」

「なら、どうして〝都を救いたい〟と言わない」

「――ッ」

「都は白菊に何をくれた？　孤独に泣き、涙を拭ってくれる手を求めたのではないか？お前は口で言うほど都の危機を憂いてなどいない。不条理な待遇に無理矢理理由をつけ納得したように思い込んできただけだ」

冷ややかな一言が核心を突いた。

返す言葉が見つからなくて、口を噤《つぐ》む。

飄々《ひょうひょう》としているくせに、突然すべてを知っているふうな顔つきで白菊のことを語られ、どうしていいか分からなかった。彼の言葉は白菊の生き方を根底から否定している。

（どうしてこんな酷いことばかり言われるの。私が何をしたと言うの）

ならば、他にどうすればよかったというのだ。

恨み顔で睨みつければ、莉汪が穏やかな表情になった。

「河の氾濫を止める為に必要なのは誰かの命じゃない、知恵と技術だ。そんなものは朝廷に任せておけばいいよ。白菊が犠牲になることはない」

押し黙った白菊に莉汪はことさら優しい口調で言い聞かせた。声音以上に優しい仕草で抱きしめ髪に口づける。

「俺と共にいよう。そうしようと約束したじゃないか」

まただ。

交わした覚えのない約束を莉汪は大切そうに語る。

莉汪と話していると、どんどん心がおかしくなっていく。

正しいと信じていたものを真っ向から否定される。浅葱の言葉で再び自信を得たこれまでの生き方も、莉汪によって一瞬で揺るがされた。

時視の巫女である母の予言は外れない。白菊は都の守り人となるのだ。

だから、たかが山賊の言葉に耳を貸す必要はない。分かっていても、いちいち莉汪の言葉は心を刺してくる。刺された傷口が痛くて無視できない。

「……して」

こんな男、大嫌いだ。

胸の中は莉汪への苛立ちでいっぱいになった。

これ以上、莉汪の言葉に惑わされたくなかった。

「離して、離してよ！」

堪え切れなくなった感情が堰を切って溢れる。身を捩り「離せ」と喚く。

「お前なんか大嫌いよ！」

鬼のくせに、私の人生に踏み込もうとするな。知ったふうな口で私を語るな！

「戯言を言っているのはお前の方よっ。都を守れるのは私しかいない。そうお母様がおっしゃったの！　お前さえ……お前さえ現れなければ私は天命を全うできてた！　邪魔をしないでっ、私に関わらないで!!　勝手に攫ってきて、勝手に奪って、他人の人生まで否定して。した覚えのない約束まで持ち出した挙げ句、でまかせの思い出まで作り上げて。そんなものを私がいつ望んだと言うの！」

「はじめに俺を求めたのは白菊、お前の方だよ」

「お前など知らないと何度言わせれば気がすむのよ！」

恫喝に、莉汪が嘆息《たんそく》した。

「白菊はこれまで時視の巫女の予言に疑いを抱いたことはないのか？　自分の命がかかったことだぞ」

「お母様まで悪く言うの!?　なんて最低な人」

母が偽りを語る理由がどこにある。母の言葉は絶対だ。

「白菊、よくお聞きよ。お前は人柱にはならない。時視の巫女の予言は外れるよ」

「嘘よ!!　お前の言葉は何も信じないっ！」

「嘘ではない、俺がそうさせない」

「そんなの望んでない！」

噛みつけば、莉汪は痛ましげに目を細めた。

「お前はずっとひとりぼっちだったから、孤独で目が曇ってしまったんだ。あの時、攫っていけばよかったのかな」

「私の話を聞いて！」

「約束を思い出したのは命を失うのが怖くなったからだろ」

「何を言っているの！　約束なんて知らないわ!!」

「桜の木の大木に髪を結んでくれたじゃないか」

「知らないと言ってるでしょう！」

「かわいそうに」

「――ッっ!!」

憐れまれ、白菊の中の何かが崩れた。

「違う……、違う違う違う！　私は可哀想ではない！　目が曇っているのも、現実が見えていないのもお前の方よ！」

白菊はすべてを拒絶した。そうしなければ、惨めな自分が露呈してしまう気がして怖かったからだ。

物心ついた時にはもうひとりぼっちだった。大きな屋敷には白菊と数人の使用人がいるだけで、彼等は毎日淡々と仕事をこなしていた。

使用人達は白菊を邪険にはしなかったが、積極的に関わろうともしなかった。彼等は腫れ物に触るようにいつも遠くから白菊の世話をしてきた。彼等と自分を隔てる壁の存在に気づいたのはいつだったか。

壁を作ったのは母だった。

母は白菊が他人と関わるのをひどく嫌った。

時視の巫女の怒りはすなわち大王の怒り。誰しも自分が可愛いのは当たり前だ。平穏な暮らしを望むからこそ誰もが白菊から遠ざかった。

なぜ母は白菊が他人と関わるのを嫌がったのだろう。だが、それに疑念を抱いてはいけない。母が望むなら白菊はそれを受け入れるまでだ。そうしなければ、母は今以上に白菊を嫌ってしまうと思ったから。

（――どうして今頃現実を突きつけてくるの）

目を背けていたかったのに。

『お前は都の守り人となる者、特別なのじゃ』

都の守り人？　意味も分からないまま、ただ「特別」という言葉に絆《ほだ》された。母が使えばそれはことさら魅力的な言葉に聞こえた。

（私は特別なの。だからひとりぼっちでも仕方がないの）

淋しさを使命感にすげ替えて生きてきた。思い込みはいつしか白菊の世界そのものを歪めた。

けれど、それでよかったのだ。

そこまでしてでも、白菊は母の愛を感じたかった。

（抱きしめてくれなくてもいい。一言でいいから、褒めてもらえたら、それでよかったの）

「――そうだね。俺は現実を見ていないのだろう」

ぽつりと莉汪が呟いた。

「俺は是が非でも俺が視る未来を変えたい。その為に鬼になり、すべてを捧げてきた」

「何の話……？」

白菊が胡乱な声で問う。

（俺が視る未来って……）

聞き捨てならない言葉に耳を疑った。すると、莉汪は愁いを滲ませて言った。

「俺は〝時〟を渡れる」

あまりに唐突な告白に、目を見開いた。呆然と莉汪を凝視する。

(〝時を〟……渡る？　それはつまり時視ができると言うこと!?)

白菊の動揺を見て、莉汪は微苦笑を浮かべた。

「驚いたよね？　昔から力の兆候はあったんだよ。でも、それはとても限定的なものだった。俺の場合、自分と他人の過去だけが視えるんだ。だけどある時、たったひとりだけ、ある少女の未来を視るようになった。それは性的興奮を感じている時に特に強く力が現れる。平たく言えば、女を抱いている時だけ彼女の未来を視ることができるんだ」

「嘘……」

つかの間の沈黙ののち、ようやくその一言だけが喉の奥からしぼり出た。

「嘘ではないよ、俺は白菊のすべてを知っている。お前のことだけならすべて視えるんだ。過去も未来も全部ね。三日後、都が九竜川に呑まれ壊滅状態になることも、白菊が人柱になる光景も視た」

「嘘、嘘よ……。そんなこと、ありえないわ！」

「悲しい？　けれど、これが現実だ。時視の後継はこの俺なんだ」

「時視の後継って、そんな……っ。信じられるものですかっ!!」

わぁっと泣き出し、両手で顔を覆った。毛網が頬を掠めると、ぷつん…と頭の中で何かが切れた。

　莉汪に体当たりし、腰に差してある短刀を抜き取った。直後、莉汪がその腕を封じる。強く手首を摑まれ痛みに短い悲鳴を上げた。

「何をしようとしたの」

「うるさいっ！　お前なんか……ッ、お前なんか殺してやる！」

　鬱積《うっせき》した暗い感情が限界を超え、荒れ狂う波のごとき狂気が白菊を支配した。心の中が真っ黒になると、目の前にいる男への憎悪しか見えなくなった。

　どうして、どうしてどうして。

（もう嫌っ、これ以上傷つきたくない！）

　心が叫ぶまま、短刀を莉汪へ突き立てようと足掻く。

　今、彼を消し去らなければすべてを奪われてしまう。この身も、居場所も、天命も奪った男が憎い。

（時視の後継なんて、認めない――っ）

　目の前が血色に染まっている。

「お前の言葉はすべてでたらめよ！」

「やめろ白菊、いい子だから手を離して！」

「私に命令しないで!!」

　金切り声を上げて、渾身の力で腕を振り回した。チッと舌打ちする音がして、莉汪が腕を捻り上げる。

「あぁっ！」

手から刀が零れたと同時に頬を叩かれた。

鋭い衝撃に荒ぶっていた感情が止まった。

「いい加減にしろ。これはお前が扱っていい代物ではない」

頬の痛みに顔を顰めた。抵抗心を削がれれば、涙が溢れてくる。

「う……うぅ」

荒ぶった心が急速に萎えた。

もう駄目、心が保てない。

「うわぁぁ……っ、あ……あぁぁぁ――ッ」

白菊は声を上げて泣き崩れた。今日まで鬱積してきたすべてのものが涙となって溢れ出てくる。愛情への渇望、耐え続けた孤独、報われない運命と、莉汪から受けた仕打ち。さまざまな感情が入り交じり、悲観の咆哮を上げている。

どうして自分だけが不幸なの。

何度も繰り返してきた問いかけに答えてくれる声はなくとも、自問せずにはいられない。

私が何をしたというの。誰もが持っているものを望んではいけないの――？

「かわいそうに、かわいそうに」

莉汪は何度も憐れみの言葉を言いながら、抱き止めた白菊を慰めた。

「俺が必ず幸せにするからね」

やめて、もう莉汪の言葉は何も聞きたくない。

たった今、白菊を奈落の底に突き落とした男が何を言うのか。

「お前なんか……いらないっ」

「そんなことを言わないで。昔は大好きだと言ってくれたじゃないか」

知らない、莉汪を慕ったことなどない。

嫌だと首を振り続けると、「困ったな」とさして困ったふうでもない声がした。

莉汪に言われたどんな言葉よりも、彼が時視の後継だという言葉が胸を抉った。

また嘘かもしれない。莉汪のでたらめに決まっている。

そう思う一方で、どうしようもない絶望感がある。自分が焦がれて仕方のなかったものを、莉汪が持っている。嘘だとするのなら、あまりにも質が悪すぎだ。

体を蹂躙された時ですらこれほどの憤りは湧いてこなかった。爪が腕にめり込むまで力を込め、怒りを再燃させる。目を真っ赤にさせながら、鬼の形相で莉汪を睨みつけた。

誰でもいいから、この衝撃を否定して。何も知らなかった頃に戻りたい。

「……ひとりにして」

「白菊」

何を否定しているのかも分からないまま、首を横に振った。

「お願い……、お願いよ」

心の奥底から絞り出した懇願だった。聞かされた言葉が重すぎるのだ。

莉汪は伸ばした手を戻し「外にいるから」と言い残して部屋を出て行った。ひとりになると、雨音が染み入ってくる。

「……ぅ」

零れた嗚咽と同時に白菊はその場に崩れ落ちた。

いつかも、こんなふうに悲しみに呑まれ泣いた日があった。まだ感情を上手く御せなくて現実に傷ついてばかりいた頃。どうやって心を慰めたのか、今は思い出せない。ひどい脱力感がする。

(もう嫌……何も考えたくない)

四肢を丸めて床に横になった白菊は、そのまま目を閉じた。

☆★☆

冬の終わりのあの日、母の屋敷から逃げ帰った白菊は屋敷に戻り、ひとり子猫の手当てをしながら泣いた。そして泣き疲れて寝入ってしまったのだろう。気がつくと、〝彼〟の腕の中にいて、秘密の場所へ行く途中だった。

さく…と雪を踏む音で目が覚めたのだ。

体を包む大きな着物が温かい。

馴染んだ温もりに無言で顔をすり寄せると「起きたか？」と柔らかく問いかけられた。

「……りぃさま」

「うん」

白菊はギュッと彼の首筋に抱きついた。

「りぃさま……、りぃさま」

「俺はここにいるよ。大丈夫、お前はひとりではない、寂しくなどないよ」

温もりを伝えようとぎゅ、ぎゅっと彼は抱きしめる腕に力を込めた。

「……どうしてお母様は会ってはくれないの」

零れた不満に彼の返事はなかった。その代わりに何度も背中を撫でてあやしてくれた。

「私、お母様に、き……嫌われてるの？」

「白菊」

「会いたい、お母様に会いたいよぉ。うんといい子にするから、我が儘も言わないから、お母様に会いたい。う……うぅ、うわぁぁ……」

「泣かないで、俺がずっと傍にいる」

「やだぁ、お母様がいい。お母様に会いたいのぉ！」

「うん、悲しいね。辛かったね」

ぐずる白菊に彼は言葉を重ねる。

「大丈夫、大丈夫だから泣かないで。愛しい子。ほら、もうすぐ着くよ」

そう言って彼が足を止めた場所は、紺青の泉が湧きたつ鍾乳洞《しょうにゅうどう》だった。薄暗い闇に差し込む一筋の光明が地底湖の水を鮮やかな青に彩っている。ひんやりとした風が吹いているが、地中にいるおかげで寒くはない。

白菊は彼の腕の中から、じっと泉を睨んでいた。

「どうした？　ここは嫌いだったか」

「ううん、……好き」

体を捩じると、彼はゆっくりと白菊を下へ降ろした。いつもならはしゃいで泉に向かうのだけれど、今ばかりは彼の傍を離れたくない。彼の着物を握りしめ、ぴたりと寄り添ったままでいると、そんな白菊の頭を大きな手が撫でた。

振り仰げば、地底湖と同じ色をした瞳がこちらを見ている。

なんて優しい目だろう。

白菊はまた顔を彼の着物へと擦りつけた。彼からする甘い香りに心が安らぐ。

「りぃさま。いつものお唄を唄って」

「いいよ」

苦笑交じりの声が応え、ややして彼は唄を唄い始めた。伸びやかな美声が鍾乳洞に心地好く響く。

彼が唄うわらべ唄に、白菊はようやく息を吐き出すことができた。

（――りぃさま）

ここへ来てから、また見るようになった〝彼〟の夢。

夢だと決めつけていたものは、〝彼〟の名を得たことで、実際にあった過去へと姿を変えた。

白菊が見てきたものは夢なのではなく、忘れていた幼い頃の記憶。大好きだった人と過ごした幸せな時間だ。

それらは何の違和感もなく、すとんとあるべき場所に収まった。

白菊には、遠い昔、りぃさまと呼び慕った人がいた。けれど、彼は突然姿を現さなくなった。

捨てられたのだ、と思った。自分がいい子ではなかったから、彼にも見放されたのだと。

それでも、彼との思い出はいつまでも白菊に甘い期待を抱かせた。今日は駄目でも明日は会えるかもしれない。何の根拠もない可能性にひとり心躍らせ、そのたびに落胆した。

楽しい思い出は辛い時を際立たせる。十日、十月と時だけ過ぎていき、彼のいない辛さに耐えられなくなった白菊はとうとう彼を記憶の奥深くへ押し込めることで心を守った。

〝彼〟の夢を見るようになったのは、それからだったのではないだろうか。

彼も莉汪と同じ青い目をしていた。

『まだ思い出せないの？』

莉汪の声が脳裏を過った。

もう二度と会うことは叶わないと思っていた。

でも、彼は白菊を忘れてはいなかった。

雨音に混じって唄が聞こえた。それはりぃさまが唄ってくれていたあのわらべ唄。

(あぁ、りぃさまは彼だったの)

窓から入ってくる冷たい風が心の中を通り過ぎていく。湿り気のあるひやりとした風は、秘密の場所に吹いていた風とよく似ていた。

『ここはあそこに似ていると思わないか?』

(そうね、とてもよく似ているわ)

だから、莉汪はここに白菊を閉じ込めたのだろうか。

辺りはすっかり夜の帳《とばり》が下りている。いつの間にか褥に入り、掛布までかかっていた。

(もしかして莉汪が?)

自分で褥に入った覚えがないのだから、彼がここまで運んでかけたのだろう。褥からは懐かしい甘い匂いがした。

(りぃさまの匂い……)

ふと自身を見下ろし、襦袢が新しい物に変わっていることに気づく。眠っている間に莉汪が着替えさせたのだ。

唄は、外から聞こえていた。

白菊は体を起こし、唄がする方へそぞろ歩く。戸口に手をかけて、躊躇った。

彼が昔、自分が懐いていた〝りぃさま〟だと気づいたところで、すぐには態度を改めることなどできそうにない。

莉汪は自分こそ時視の後継だと言った。

（どんな顔で会えばいいの？）

分からない。なぜ、莉汪にその力が受け継がれているのか。唯一考えられる可能性は最も現実からかけ離れている。

母が自分以外に子を産んだ話など聞いたことがない。

（莉汪に会いたくないな）

けれど、それでは何も分からないままだ。莉汪が白菊に向けてくる執着心のわけや、時視の予言を覆そうとしていることも、まだその真意を白菊は聞かされていない。

彼がりぃさまであるのなら、どうしてこれほどまでに強く白菊の人生を否定するのか。

再会は偶然ではない。莉汪は確固たる意志を持って白菊の前に立っている。

白菊が己のことにだけ目を向けていた時間の分だけ、見過ごしてきた事実があるのだ。

これまで白菊が歩いてきた道にはちゃんと景色があった。ただ、白菊がそのことに気づかなかっただけ。母が指し示す道しかないと思い込んできた白菊は、莉汪の言う通り目が曇っていたのだろう。

莉汪は、これまで白菊が見ぬふりをしてきた景色を見ろと言っているのではないのか。

そうすることで知り得なかった事実が浮かび上がってくるのではないだろうか。

ならば、知りたいと思った。

莉汪には見えていて、自分にはまだ見えていないものを見てみたい。

きっとそれが解決への糸口になるはずだ。

そろりと戸口を開けると、廂に座り壁にもたれて雨を眺めている莉汪がいた。唄うのをやめ、白菊を見上げた。

白菊は気まずさに目を伏せ、少し離れた場所で莉汪と同じ姿勢をとった。

莉汪の横にはいつもの酒瓶があった。あれを取りに戻った時に、白菊を褥に入れてくれたのだろうか。

雨音が沈黙を紛らわしてくれる。

莉汪は手酌酒を飲みながら、軒先にある蜘蛛の巣を眺めていた。

紡がれた巣も赤い腹をした女郎蜘蛛も禍々しいのに目が離せない。自然が織り成す美はいつだって生命力に溢れていた。

ならば、今の自分は莉汪の目にどんなふうに映っているのだろう。

「――お前なんか大嫌い」

口を衝いて出た言葉は、なんて可愛げのないものなのだろう。自分はもうりぃさまを慕っていた頃の童女ではない。生きてきた時の分だけ、心は歪になった。

「つれないな」

それでも、莉汪は言葉を返してくれた。ホッと肩から力が抜けた。

そうだった。りぃさまもどれだけ白菊が駄々をこねても決して見限ったりはしなかった。

思い返せば、ここに連れて来られてからの莉汪も同じだった。

同じ出来事なのに視点を変えればまったく別の捉え方ができる。

「……寒くはないの？」

今度は少しだけ柔らかい口調になった。

「だからこその酒だよ、お前も飲むか？」

莉汪はいつも美味そうに酒を飲んでいる。黙って首を振ると、莉汪も無理に勧めてこなかった。

また僅かな間が空く。

「――ある人の夢を見たの」

莉汪はちらりと白菊を流し見た。

「けれど、目を覚ませば彼の声も顔も覚えていないの。どんな会話をしたのかも。……でも、彼の夢を見るととても幸せな気持ちになれた」

「そう」

「彼ね、わらべ唄を唄っていたわ。二人だけの秘密の場所で」

「そう」

同じ相槌を打つ莉汪を窺い見た。

「お前がりぃさま?」

問いかけに、莉汪はじわりと口元に笑みを滲ませ「だとしたらどうなの？」と呟いた。

まさか逆に問い返されるとも思わず、狼狽える。そんな白菊を尻目に莉汪は酒を呷った。

「嫌、とばかり言っていたお前が、ようやく俺に何かを尋ねてくるようになった。いい傾向だよ。——それで、そうだと言えばお前は信じるの？　今度は俺を見て幸せな気持ちになり、俺を慕うようになるのか。白菊がそれを望むなら好きに思えばいい。そして、お前はまた誰かの言葉に縛られ流されて生きていくのだろうな」

手厳しい言葉が胸を刺した。

そうではない、自分はもうりぃさまが莉汪であることを思い出している。問いかけたのは、確証を得たかったからだ。

「与えられるだけの身は楽だろう。自分では動こうともせず、それが身を焼くほどの痛苦を伴っていても辛いと泣くだけ。……いや、違うね。それが天命だと受け入れるのだったかな」

「そ、そんな言い方！　もとはと言えばお前が私を攫ってきたから……っ。それに対する責任というものがお前にはないの!?」

「欲しいものを手に入れるのが山賊さ。責められるいわれはないね」

「お前……ッ」

「白菊もそろそろ欲しいものに手を伸ばしてみたらどうなの。自分で取りにいかない限り、何も変わらない。嘆いて待っているのが好きなら無理には勧めないけど」

嘲《あざけ》り笑われ、カッとなった。

人が下手に出れば、なんて言い草だ。

「お前はいつもそうね！　自分ひとりだけ分かったような顔をして、見ていて苛々するわ。与えられるだけが楽ですって？　そんなわけない、それしか許されてこなかったの！　欲しいものに手を伸ばしても、そのたびに跳ねのけられてきた。お母様は……ッ、お前だってそのことは知っているはずでしょう!?」

「だから、欲することをやめたの？」

「そうよ！」

白菊が必死になればなるほど母には煙たがられた。それでも、幼い頃は手を伸ばして母の愛を欲した。けれど、年を重ねるごとに臆病になり、渇望よりも諦めることの方が楽だと悟った。だから、すべてに目を背け与えられるものだけを受け入れようとしたのだ。母が望んでいるのは人柱としての白菊だけだ。

昔、たったひとりだけ心許した相手が今、隣にいる。なのに、彼は白菊を傷つける言葉を使い、この身を思うがまま蹂躪した。

白菊の胸に広がるのは郷愁ではなく屈辱感ばかり。

なぜなの。

初めて莉汪の心を知りたいと思った。あの優しいりぃさまはどこへ行ってしまったのだろう。白菊の知る彼ならきっと強引に体を繋げてくるような真似はしないはずだ。

(お前はもう私のりぃさまではないの?)

面影でしか思い出せない人と莉汪を重ね合わせるも、あと少し何かが足りない。まだ思い出せていないものがあるのだろうか。

勝手にいなくなって、頼んでもいないのに攫ってきて、残酷な現実を突きつけてきたくせに、いざこちらから歩み寄ろうとした途端、手のひらを返してきた。

ならば、どうすればいい。

莉汪は言った。欲しいものは自力で勝ち取れと。けれど、山賊相手に全うな要求は通用しないとも言われた。

(莉汪が興味を引くようなものがあれば)

手がかりを探して、ここに連れて来られてからのことを思い返した。けれど、浮かぶのはどれも抱かれている時の情景ばかり。体を差し出す代わりにこちらの要求を呑めというのは今さらな気がする。

(もっと他にないかしら)

莉汪から連想するものをしらみつぶしに並べ上げた。酒、狂気、頭領、賭博。――そうだ、賭博だ。

思いついたものが白菊にとっての活路となるかは莉汪次第。けれど、今の白菊にはこれ以上の名案は思い浮かばない。

「私と賭けをして」

莉汪は綺麗な目を丸くした。

「私が勝ったら、私の望みをきいて」

「矢科の鬼に賭け事を挑むとは、白菊も酔狂だね。それで、望みとは何だい？　屋敷に戻せとか言うのか？」

嘲り笑われ、ムッと口を尖らせた。

「私の知りたいことを話してもらうわ」

「へぇ」

意外だと莉汪が目を細めた。

「俺が嘘を言うかもしれないとは思わないの？　相手は賊だよ」

「思わない」

即座に答えた。

「お前は嘘は言わないわ」

確信はない。莉汪への信頼ももちろんない。けれども、漠然とした何かがそう思わせた。名をつけるには曖昧すぎるそれにすべてを委ねようとしている自分は阿呆なのだろう。だが、手を伸ばせと言ったのは莉汪だ。今は僅かな光が見えればそれでいい。

真っ直ぐ見据える白菊を、莉汪もまた視線を逸らすことなく見た。

「俺の望みはひとつきりだよ」

「それでかまわないわ」

莉汪の望みが白菊を永遠に繋ぎ止めることだとしてもかまわない。自分の意志で決めたことだから、受け入れられる。

視界を曇らせている靄《もや》を払え。

誰の言葉にも流されず、自分の目でこの世を見るのだ。

六章　討伐

莉汪の提案で、賭けは碁でつけることとなった。

「これなら白菊もできるだろう？」

てっきり、また無理難題を押しつけられるのかと思っていただけに莉汪の提案には少し拍子抜けした。

「どうして私が碁を打てると思ったの？」

碁を覚えたのは、莉汪が白菊の前から姿を消してからのことだ。

「質問は俺に勝ったらでしょう？」

挑発されて、俄然やる気に火がついた。

莉汪は小道を渡ってアジトから持ってきた碁盤と円座を床に置いた。久しぶりに触る碁石の冷たさが懐かしい。

「嬉しそうだね、自信があるのか？」

「教えないわ」

ぷいっと顔を背け、碁石を並べた。雨音に碁を打つ音が混じる。二人は言葉を交わすことなく、黙々と碁石を打ち続けた。

「――嘘」

だが、勝負は呆気なくついた。

「俺の勝ちだなぁ」

ぐびりと酒を飲み干し、莉汪が勝利宣言する。始まってさほど時間が経っているわけではない。だが、盤面は莉汪の勝利を表していた。

何の面白みもないままの幕切れに白菊は言葉を失う。

太刀打ちはできなくても、少しは張り合えると思っていただけに、意気消沈して肩を落とした。

負けて涙を流すなど惨めだと分かっていても、目の端から零れ落ちるものを止められない。

俯き唇を噛み絞めながらほろほろと涙を流していると、「さぁ、始めようか」とあっけらかんとした声が言った。驚きに顔を上げれば、ひょいと莉汪が肩を竦めてみせた。

「これは肩慣らしだよね？」

助け舟のつもりだろうか。それともあまりにも白菊が不甲斐ないのをみかねての再戦なのだろうか。

どちらでもいい。勝者が仕切り直しを申し出てくれるのなら乗るまでだ。

「も、もちろんよ！」

鼻を啜り、再びの勝負に挑んだ。


どれくらい碁盤を睨み続けただろう。

「白菊、まだ？」

欠伸交じりの声が催促してくる。

「ちょっと待って」

「その言葉、今ので何度目？　もう聞き飽きたよ」

前のめりになって必死に活路を見出そうとしている白菊は真剣だった。一方、眠たげに体を左右に揺すっている莉汪は今にも意識を手放しそうだ。

戦況は極めて白菊の劣勢。だが、完全に負けたわけではない。

「もう明日にしないか。いい加減、疲れた」

どうやら本当に疲れているらしい。

目を擦り幼子のような口調で莉汪が愚痴る。

(あ、可愛い)

普段は見せることのない、新たな莉汪の顔だった。

「お前は何もしていないじゃない」

「待つことが一番気力と体力を使うんだよ」

「あなたには今くらいが丁度いいと思うの。毎回あんなにされたら私の身が持たない……」

言いかけ、ハッとした。

(私は何を言っているのよ!)

莉汪は待つことが辛いと言っただけなのに、自分は何をはき違えているのだ。ついうっかり喋ってしまった余計なことに慌てて口を噤んだ。

莉汪のことだ。ここぞとばかりに意地悪な顔で迫ってくるに違いない。

羞恥に顔を赤らめながらも莉汪の行動に身構えたが、聞こえてきたのは欠伸の声だけ。

恐る恐る莉汪を見遣る。

「……何が何だか。あぁ、眠い」

どうやら眠気で白菊の失言も聞こえていなかったらしい。

(……よかった)

ホッと胸を撫で下ろす白菊の前で、莉汪はがくりと首を下げてうなだれると、傍に寄せた脇息に頬杖をついた。

「もしかしてさ、今さらだけど本当は碁を打ったことがない?」

「そんなことはないわ。よく打っていたもの」

「へぇ～そうなの。で、笑わないから本当のことを言ってごらん」

「本当だと言ってるでしょう！」

「じゃあ、どちらが勝っていたの？」

問われて、じろりとねめつけた。

「……私よ」

すると、眠たい顔の中で青い目が丸くなった。

「だとしたら相手はよほどの呑気者か、おそろしく碁の弱い者だったのか」

「お前は失礼という言葉を覚えたほうがいいわよ。それに私の碁の相手がお前に何の関係があるというの」

あからさまな皮肉に口を尖らせた。

「あるよ、おおありだ。この苦行を強いられている俺の身にもなっておくれよ。どうみてもあと数手で俺の勝ちだ」

「最後までしてみないと分からないわ！」

「往生際が悪いね。先を見通すことも勝負には大事なことだと思うよ。だから今夜は諦めよう」

「い・や！　そんなに眠いのなら、ひとりで寝ればいいでしょう！」

「それこそ嫌だ」

「きゃっ！」

むんずと伸びてきた手に腕を取られ、体勢を崩した拍子に碁盤が揺れた。ハッと見下ろした時には、盤面が滅茶苦茶になっていた。

唖然とする白菊の横で、莉汪がカラカラと笑った。

「あ～ぁ、これじゃはじめからやり直しかな」

「もぉぉっ！　なんてことをするのよ、これからだったのに！」

「まぁ、いいじゃないか。これも練習だったと思えば、ね？」

しゃあしゃあと嘯き、白菊を抱きしめたまま褥になだれ込んだ。

「離して！　眠るならひとりで寝てっ」

「二人で寝た方が温かいよ、ここは冷えるんだ」

眠そうな声の割りに、暴れる白菊を抱きしめる腕は強固だった。

(信じられない！)

確かにあの局は白菊の負けがほぼ確定していた。だからといって、勝負を諦めていたわけではない。第一、欲しいものは自分の手で勝ち取れと言ったのは莉汪ではないか。

しばらくもがいていると「ねぇ、白菊は俺に何を聞きたいの？」と問われた。

「山賊はただで情報を教えないのではなかったの？」

「ん～、でも少し気になったんだよ。質問次第では答えてあげてもいいよ」

どうせ外れないならと抵抗をやめた途端、腕の力が緩まった。腕を枕にして綺麗な顔が至近距離で覗き込んでくる。

「何って……、い、色々よ」

「だから、例えば？」

（眠たいのではなかったの？）

つい心の中で悪態をついてしまうほど、莉汪の質問はしつこい。どうやら物事には勢いも必要らしい。改めて尋ねられると莉汪がりぃさまかと聞くことがとても難しいことになっていた。違う質問を思い浮かべようとするも、褥の心地好さに白菊の方が眠気に襲われ出した。

久しぶりの碁で頭を使ったせいだ。

（都の様子は浅葱に聞いたし、時視の力のことはきっと教えてはくれないだろうし、えぇ……と。他に何があったかしら）

重くなり始めた瞼を必死にこじ開けようとするが、すぐに下がってくる。

半分、夢うつつになりながら、白菊はどうにかひとつの質問を口にした。

「――私のこと、好きなの？」

が、答えを聞く前に眠気に負けた。

☆★☆

すぅすぅと心地好さそうな寝息を立てる白菊を、莉汪は何とも言えない表情で見つめていた。

「――参った」

まさか、直球を投げてくるとは想定外だ。

柄にもなくじわじわと頬が赤くなっていくのを感じる。

腕の中で眠る白菊は、ようやく手懐けることに成功した猫のようだ。攫ってきた頃は爪を立て、全身の毛を逆立て警戒ばかりしていた白菊。何度もその自尊心を揺さぶり、時には叩き壊し、どん底に突き落としたところから、莉汪の言葉に耳を傾けられるまで再生させた。

それにしても、なんてことだ。

こんなにも愛らしく懐いてくるなんて、少し反則だ。

これまで「嫌」ばかり紡いでいた唇が、碁をし出した途端、びっくりするほど饒舌になった。よほど楽しかったのだろう。上気した薄桃色の頬も、目を輝かせながら碁を打つ姿も何もかもが愛おしかった。一局で終わるはずだった勝負に適当な理由をつけて仕切り直しをしたのは、ひとえに愛らしい白菊をもっと見ていたかったから。

（でも、ようやくここまでこられた）

見てこなかったものに目を向けようとしたことで、彼女は自身を取り巻く環境に疑問を持つようになった。

このまますべてを捨ててもいいと思えるほど、莉汪の愛に溺れてくれればどれほどいいだろう。

だが、時視の巫女が告げた予言から白菊を引き剝がすには、彼女自身がそれを強く願わなくては始まらない。莉汪の言葉に傷つき痛いと泣く姿を見続けてもなお、彼女の在り方を糾弾し続けたのは、白菊自身が抱く彼女の存在意義を根底から作り直す必要があったからだ。白菊の中にある母親への信望心と渇望心は根強く残っていて、母の思いを知ってもなお、時視の巫女が告げた予言を信じているはずだ。それは莉汪との関係を思い出しても変わってはいないのだろう。白菊にとって、今も唯一無二であるのは時視の巫女である母だ。

白菊へ向ける言葉に棘があったのは、母と子の絆の深さを見せつけられたことへの嫉妬もあった。

白菊を愛しているのは、この俺だ。それなのに、なぜ白菊は母の愛ばかりを強請るのか。まだ何かが足りないのだ。

母親との絆を断ち切る為の決定的なものを莉汪は見つけ出せていなかった。

焦燥感をあざ笑うように、刻一刻と予言の〝時〟は近づいている。

自分が望むことはさほど大それたものではないはずだ。ただ、腕の中で眠る少女の幸福を祈っているだけなのに、どうしてそれが許されない。

(かわいそうに、たくさん泣かせた)

それでも、莉汪に後悔はない。

白菊が愛しいから彼女が流す涙を見ても躊躇いは覚えない。この子だけが大切だから、それ以外のすべてを賭して、彼女の〝時〟を変えてみせる。その為なら己の命も捧げよう。

一時ではあったがこの手で育てた、莉汪の可愛い子。

白菊の柔らかな頬をそっと撫でる。

手の中に在るこの命がなにより愛おしいのだ。

拘束した白菊の手を握れば、ひやりと冷たい。莉汪は白い指先に息を吹きかけ、手のひらで包んで温めた。

愛おしすぎて、涙が溢れてくる。滲んだ涙は、一筋伝い流れた。

決して死なせてなるものか。

(白菊、俺の白菊。どうか早く決断してくれ。この莉汪にすべてを預けると言っておくれよ)

まだ温まらない白い手を、戦慄《わなな》く唇に押し当てた。

戸口に人の気配が立ったのはそんな時だった。

莉汪はすばやく身を起こし、気配を読む。見知った者だと分かると、立ち上がり扉を開けて部屋の外へ出た。

夜暗に紛れて立っていたのは朴だった。

「物言いたげだね、そんなに俺のやっていることが気に入らない？」

「莉汪様、いつまでこのような戯れを続けるつもりか。欄家……、いや春祇国はあなたの到着を待っている」

片言の言葉を操り、朴が苦言を呈した。

「もちろん、白菊のことに決着がつくまでさ。春祇国へ渡る時は白菊も連れて行く。彼女の存在を認めないのなら、俺はどこにも行かないし、欄家にも入らないよ。本来、春祇国がどうなろうと俺の知ったことではないからね」

「莉汪様」

咎める口調に、莉汪は目を細めた。

「俺が欲しいのなら、お前の役目を果たせ。気がついていないと思っているの？　俺のいない間に浅葱をここへ入れたね」

言い終わらないうちに、朴のわき腹を膝で蹴り上げた。鈍い呻き声を上げて、朴が顔を顰める。

「痛い？　二度言わせるお前がいけないんだ。いいね、誰も近づかせるな。見張りもできない無能の言葉を聞いてやるほど俺は優しくはないよ」

「……承知」

「そう、よかった」

満悦の顔で頷き、莉汪は顎をしゃくって朴を下がらせる。

相変わらず雨が屋根の瓦を叩いている。ひやりとする夜の冷気と纏わりつく湿気を全身に感じながら、莉汪は細い息を吐き出した。

弁柄色の家屋に白菊を閉じ込めて幾日。〝時〟は粛々と予言の日へと流れている。

ぴりっと指先に痺れが走った。手を持ち上げ、覚えた違和感をあざ笑った。

（戯れか）

白菊が決断するのが先か、〝時〟が流れつくのが先か。それともこの身の自由が奪われるのが先か。

土壇場の状況に追い込まれつつありながらも、心の片隅ではそれを楽しんでもいた。

必ず、もう一度白菊から手を伸ばさせてみせる。欲するのは莉汪だけだ、と言わしめてみせる。

体だけではなく、心ごと白菊を抱きしめたい。

離れていた時間の分だけ熟成された恋慕《れんぼ》が、胸をかき乱し騒がせる。

白菊が愛おしい。

だから、どうか早く俺を選んでおくれ。

莉汪は届かぬ想いを真っ暗な夜空へ吐き出した。

☆★☆

翌日も二人の勝負は続いた。すぐに長考に入る白菊の前で暇を持て余していた莉汪は「何なら貝合わせでもいいよ」と言った。

「――碁でいい」

「どうして、強くはないよね？　勝ちたいのだろう？」

決めつけられたのは面白くないが、莉汪の言う通りだ。白菊は自分が思っている以上に弱かったらしい。

けれど、素直にそれを口にするのが嫌だった。

「この局で勝てるもの」

「強がりだなぁ」

苦笑する声に、そうではないと心の中で呟いた。

貝合わせも碁もきっと似たような結果だと分かるから、どちらでもいいのだ。

口を閉ざしていると、何を思いついたのか、莉汪は筆と紙を引き寄せ墨で何かを書き始めた。それも、とても楽しそうに。

莉汪はちらちらと白菊を見てはまた筆を走らせている。その嬉しそうな横顔は新しい玩具を手に入れた子供と同じだ。

だが、そう何度もちらちらと視線を投げかけられれば、気になって仕方がない。

「……何を書いてるの？」

耐え兼ねて問うた。すると莉汪は筆を下ろし、得意気な顔で白菊に見せた。

ぺろんと目の前にかざされた紙に描かれてあったのは、――得体の知れないものだった。

首を捻ると「猫だ」と言われた。

「私を見ながら猫を描いたの？」

「そうだよ、白菊は猫みたいだからね」

なんて下手くそな絵だ。耳と髭、それに猫と教えられているからこそ辛うじて認識できるが、初見でこれを猫だと見分けられる人間はそうはいないだろう。

しかも、白菊を見て描いたと言うのだ。

目を覆いたくなるほど残念な顔をした猫を目の前にして、怒る気力も失せた。

白菊はほとほと可哀相な猫と、描いた主を憐れみたっぷりの眼差しで見た。

誰もが恐れる矢科の鬼。賊に絵心は必要ないのだろうが、猫が二本足で立っているわけがないだろう。

思わず莉汪の手から筆と紙を取り、猫を描いた。

「こうだと思うの」

陽だまりの中で丸くなりうたた寝をする猫が黒い線で描かれ現れると、莉汪は目を輝かせた。

「へぇ、上手いものだ」

「お前が下手くそなのよ」

腕を縛られているせいで、多少線は歪んでいるものの、ちゃんと猫が描けた。

「他にも描けるか？」

「ええ、まぁ」

「描いてみてくれ」

興奮気味の声が強請る。期待の籠もった眼差しに気圧され、促されるまま描いた。木の枝に座る猿、水溜まりで水浴びをする雀《すずめ》、柿の実を突く鴉、秋の夜長に似合う鈴虫、赤《あか》蜻蛉《とんぼ》……と、気がつけば辺りが紙だらけになっていた。

「大したものだ、何も見なくてこれほどのものが描けるのか。とりわけこの猫は秀逸だね。今にも寝息が聞こえてきそうだよ」

「別に。毎日見ていれば覚えるわ」

「毎日？」

「そう、この子は私の碁のあい……」

言いかけて、アッと言葉を呑み込んだ。筆に夢中になっていたせいで、うっかり秘密を喋ってしまったのだ。慌てて口を噤んでも、声にした言葉は二度と戻らない。

変に力を込めたせいで、描きかけの線が不恰好に太くなった。

「ふぅん、そうか。これが碁の相手ね。どうりで文句を言わないわけだ」

合点がいったと言わんばかりに莉汪が白菊を見た。

「な、何よ！　嘘は言ってないわ。笑いたければ笑いなさいよ！」

白菊は羞恥に顔を赤らめながら唇を尖らせるも、向けられる視線の居心地の悪さに俯いた。

嗜みのひとつだからと、都で流行っている遊び道具を屋敷に持ってくるのは決まって藤江だった。

いつか母と一緒に遊べたらいい。

そんな思いもあって、白菊はそれらの遊び方を覚えようとした。だが、屋敷の者は白菊を遠ざけている。分かっていたから、白菊も用事がある時以外は声をかけないようにしていた。そんな彼等にどうして「一緒に遊んで」と言えるだろう。

碁も貝合わせも、ひとりではとてもつまらないものでしかなかった。

床に散らばったたくさんの絵。上手く描けるのはそれだけ長い時間、彼等を見てきたからだ。ひとりぼっちの白菊は屋敷からの景色を毎日見ていた。鴉も、雀も、虫も、みんな屋敷で見た生き物ばかり。

淋しさを紛らわすように白菊は絵を描いた。これならば誰に気兼ねすることなくひとりで遊べたからだ。

描かれた紙と同じ白い毛並みを持った猫は、莉汪と同じ青い目をしていた。怪我の手当てをして以来、ふらりと屋敷にやってきては白菊の寂しさに付き合ってくれた白猫だ。

不意に思い出された寂しさが、胸いっぱいに広がった。

「もういい」

言い捨て、筆を置いた。

自分本位で他人を顧みることもなく我欲に忠実な莉汪に、白菊が味わってきた孤独は分からない。

惨めさが露呈されれば、残るのはどうしようもない屈辱感だけだ。

立ち上がりかけた白菊を莉汪が止めた。腕を摑まれ、そのまま膝の上に乗せられ、ぎゅうっと強く抱きしめられた。

「何をするの！」

「いいから」

「よくないいっ、早く碁の続きを」

ごねても身を捩っても莉汪は抱きしめる腕を緩めない。そのうち莉汪がぽつりと呟いた。

「碁を覚えたのは母の為？」

図星を指され、肩が震える。今また莉汪は白菊が築き上げた心の壁を打ち砕かんとしている。つかの間にできた綻びを、莉汪は見逃さなかった。

「いつの日か、母と遊べる日を夢見ていたのだろう」

動揺は容易く虚勢を揺るがす。誰にも見せたことのない白菊の孤独が暴かれようとしている。

「昔もよく母のことで泣いていたな。母はその想いに応えてくれたことがあったのか？」

「うるさいっ、そんなことお前に話す理由はないわ」

「待ちわびたところで、母はお前の願いを叶えてくれはしなかっただろうに」

「お、お前には関係ないい！」

たまらず叫んだ拒絶は、莉汪の言葉を肯定するものだった。両腕を突っ張り、腕の中から抜け出そうと足掻く。

「いじらしい真似を。それでもまだ母を慕うのか。そんなに母は恋しい？　この莉汪よりも？」

「お母様はお忙しいお方なの、会えなくとも寂しくなどなかったわ！」

「本当か？」

「——ッ」

囁かれた声に心を見透かされた気がした。

一瞬の怯えに、莉汪は幼子にするように優しく体を叩いた。この数日で知った人肌の温もりが心に沁みる。

欲しかったのはこの腕ではない。けれど、こみ上げてきた熱い感情が喉を焼けば、ぶわりと涙が溢れた。奥歯を噛みしめ涙を堪えるけれど、体を揺すられる振動でぽたり、ぽたりと頬を伝って落ちた。

「……ッ、寂しくなんてなかったわ」

精一杯の強がりは涙声だった。

「本当よっ、あんな子供じみた遊び、わた……私には合わなか……っ。——ひ、ひとりでも平気だったもの」

止まらなくなった涙をぽろぽろと零しながら、今さらな強がりを吐き出し続けた。

だって、寂しくて泣いた翌朝は、いいことがあったから。誰が置いたかも分からない花だったけれど、白菊は嬉しかった。淋しさに押し潰されずにこられたのは、あの花があったおかげだ。それでもひとりの夜が辛い時は、花を入れた守り袋を抱きしめて眠った。

「お前は変わらないな。母恋しさに泣いていたのが、いつの間にかひとりでも平気だと言って泣くようになっていた。意地っ張りで健気な白菊が愛おしくてならなかった」

莉汪が髪を撫でた。慰められて唇が戦慄く。

大きな手が髪だけでなく、心まで撫でていく。くしゃりと強がりが崩れた。

あぁ、この手だ。

覚えていたものと同じ感触に心が震えた。

「う……ぅ、ふぇ……」

寂しい自分を誰にも悟られたくなくて、いつも背筋を伸ばして生きてきた。母の言葉だけを信じ、特別という言葉を自負に、ひとりでも平気な顔をし続けた。

けれど、誰にも言えなかっただけで、本当は誰かに傍にいてほしかった。

「か……勝手に、いなくなったくせに」

「……ごめんね」

「ずっと傍にいると言ったわ」

「これからはずっと一緒にいよう。二人で桃源郷を見に行こう」

かつて自分を愛してくれた人と同じ言葉を莉汪が告げた。

「桃源郷……」

「そうだよ。白菊が笑って暮らせる場所だ」

　あれほど信じられなかった彼の言葉が素直に胸に響いた。りぃさまと莉汪の面影が今、ぴたりと重なる。

「昨日、聞いたよね。〝私のことが好きか〟と。俺は白菊が好きだよ。——ねぇ、白菊は俺のことが好き？」

「——好きなわけ……っ、ないでしょう。自分が何をしたのか覚えていないの」

「そうか、寂しいな」

　少しも寂しそうには聞こえない口調で落胆を表す莉汪の体をドン…と拳で叩いた。

「お前なんか、嫌いよ」

「白菊、痛い」

「突然いなくなるお前なんて……嫌いっ」

　ドン、ドン…と拳が莉汪を打つ。

「ごめん」

「いつかいっしょ……一緒に桃源郷、行こうと言ったくせに」

「うん。行こう。二人で、二人だけで行こう」

「……嘘つき、嘘つき。嘘つき！　お前の言葉なんて……、わ……あぁっ」

「ごめん、白菊」

　泣きじゃくり、幼子のように泣いた。そんな白菊を莉汪はずっと抱きしめる。

最後に白菊が描いていた絵は、あの鍾乳洞の光景だった。

莉汪がこの部屋を出て行ったのは辺りが白み始めた頃だった。目が覚めた時、白菊は寝入る前とは違う襦袢を着ていた。きっとまた莉汪が着替えさせたのだろう。相変わらず手首が拘束されたままなのは、まだ白菊が逃げ出すと思われているからなのか。

(当然よね……)

白菊は毛網を見て自嘲的な笑みを零した。

彼との絆を思い出せたからとはいえ、すぐには莉汪の信頼が得られるはずがない。

(莉汪がりぃさまだった)

散々泣いたせいで瞼が重たい。それでも、妙に心は晴れ晴れとした気分でいっぱいだった。

たくさん泣いたあと、白菊は莉汪と時が過ぎるのを忘れるほど夢中で遊んだ。初めて二人で貝合わせもした。莉汪は貝に描かれた絵に合わせて歌を詠むのではなく、作り話をつけて語った。真面目顔で語る話は悔しいくらい面白くて、作り話だと分かっていてもつい聞き入ってしまう。

母と名乗れず密命を担った娘に仕え続けた母子の話、その娘を愛したが為に自ら鬼となった男の話。中でも異国の王と心を通じ合わせたせいで許嫁の怒りを買った女の悲恋の物語は秀逸で、涙を誘った。

　遠い昔、とある国の男がこの国に渡来した。華やかな容姿の男は、この国で可憐な女に心奪われた。そしてまた、女も男に恋をした。出会うべくして出会った二人は時を惜しむようにして深く愛し合ったという。だが、それは許されざる恋。女を見初めたのは異国の男だけではなかったからだ。女にはすでに家が決めた許嫁がいた。横恋慕であることを承知で男は女を攫うことに決めた。女もまたそれを望み、すべてを捨てる覚悟だった。

　しかし、すんでのところで二人の逃亡は許嫁に知られることとなり、男は命からがら自国へ逃げ帰り、女は許嫁の手に堕ちた。

「それで、二人はどうなったの？」

　ずいっと前のめりになって話の先を促すと、莉汪はやるせない表情になった。

「許嫁は女を許さず、その身に子種が宿るまで女を蹂躪し続けたよ。やがて女は許嫁の望み通り子を孕み、男児を産んだ。異国の男の面影を強く宿した子をね。烈火のごとく怒り狂う許嫁に恐れをなした女は生まれたばかりの子を抱いて逃げた。雪深い冬の空の下を死に物狂いで走り、走って走って。抱く子が冷たくなり、己の手足がかじかんでもなおひた走り、そうしてどこぞへと消えた。雪を運ぶ風は、その女の恨みと嘆きの咆哮なのだそうだ」

「そんな惨い……」

はらはらと目尻に溜まった涙が零れると、「ただの作り話じゃないか」と笑われた。

それでも、あまりにも女が不憫だった。身につまされる思いに涙が止まらない。

よく貝に描かれた絵を見ただけで、そこまでの話を作り上げられるものだ。

ひとりの女の生きざまに触れた後の高揚感と胸に広がる切なさにぼんやりとしていると、いつの間にか向かいにいたはずの莉汪が四つん這いになりながら猫のようにしなやかな動きで近づいてきていた。

「少し冷えてきたね。温まろうか」

言い終えるや否や、あっという間に白菊を組み敷いた。

「ま、待って！　今夜はもう眠たい」

「だぁめ」

すり…と額をすり寄せ耳元で囁く声の艶めきに、骨の髄まで痺れた。

「俺の愛しい子、作り話にすら涙を流すお前はやっぱり優しいね」

唇が耳朶を含み、赤い舌が耳の奥まで入ってくる。体を強張らせる白菊を面白がるように、莉汪はその行為を繰り返した。

「慰めてあげる」

耳殻に歯を立てられるたびに、びくびくと体が震える。同時に下腹部がじん…と疼いた。

脚を擦り合わせやり過ごそうとしていると、莉汪の手が襦袢の裾を割って入ってくる。

「やぁっ！」

内股を弄る手の感触に、もどかしさが膨らんだ。

「もう濡れてる」

勝手知った指が淡い茂みを分け入り、蜜襞をなぞった。愛撫《あいぶ》するまでもなくぬかるんでいることにしたり顔で笑い、「指だけで終わろうと思ってたんだけどな」と嘯きながら両膝を持って脚を割り開く。取り出した一物はすでに力を漲《みなぎ》らせてそそり立っていた。

「駄目だ、今すぐ喰らいたい」

蜜口に先端を押しつけ、様子を窺っていたかと思いきや、唐突に奥まで一気に埋め込まれた。

「あぁあっ！」

その瞬間、がくがくと体が痙攣する。内側の粘膜が擦り上げられる刺激に軽く意識が飛んだ。最奥まで届く莉汪の欲望を受け止めるには、白菊は小さい。目を白黒させて達した余韻に震えていると、莉汪が体の上で充足めいた吐息を零した。

「あ……はは。きゅうきゅうとここが啼いている。こんなに俺に絡みついて。本当に愛らしいな」

「あ……ぁ、あぁっ！」

すぐに始まった律動に快感で飛んだままの意識が持って行かれる。頭の中まで揺さぶられて、何が何だか分からなくなった。

莉汪があのりぃさまだと知ったからなのか。今までとは違う感情が芽吹いていた。

じゅぷじゅぷと蜜の絡む音がする。

莉汪はぺろりと舐めた親指を、花芯へ宛てがった。押し潰され、捏ねられ生まれるちりちりとした痛みに腰が振れる。

「や……め、あ……ぅうん。やめ……て。怖い、それ強い……の」

「大丈夫、気持ちいいって言ってごらん」

「あっ、あ……はぁ、やぁっ！」

毛綱で括られた両手で莉汪の手を摑む。腹に触れる毛先が振動でさわさわと揺れた。むず痒い刺激が新たな快感を生み、思わず手を離すと、また莉汪からの直接的な刺激に慄いた。

「や、あっ！　はぁ……ん」

ごりごりと中を抉る圧迫感に身悶えながら、莉汪の手淫に乱れる。身も世もなく喘がされ、止まらなくなった嬌声が夜の静けさを濁した。

口の端から飲みそこねた唾液が細い線を描いて伝う。莉汪はぶるりと身を震わせ、掻き抱くように白菊の体を抱きしめた。

最奥を穿たれる悦びに体が打ち震える。

「気持ちいいと言って。そうしたら」

「あ！　あ……あぁっ！　い……い、……気持ちいい」

「もっと言って」

「気持ちいい……、から……っ。そこ……、あっ！」

　ひぃっと息を詰め、莉汪の体に縋る。脚を絡め首筋に顔を寄せた。互いの息遣いが互いを興奮させる。煽られた心のままどちらからともなく唇を合わせた。

「んん……、んっ」

　突き上げられながら舌を絡め合う行為を無心になって受け入れる。暴れる莉汪を何度も締めつけ、そのたびに深く突かれ、戦慄いた。背筋を這い上がってくる快感に身を震わせながらも覚えた行為はどこまでも白菊を溺れさせていく。

「やめてくれる……て、言っ……っ、あぁ」

「言ってないよ。もっとしてあげると言ったんだ」

「ふぁ、あぁ……っ。や……嘘つ……き」

「白菊、白菊……っ」

莉汪が忙しなく白菊を呼び、律動を早める。

瞼の奥に銀色の閃光が瞬いた刹那、快感達が弾けた。

莉汪もまた欲望を爆ぜさせ、白菊の中を濡らした。

覆い被さる莉汪の重みが心地好い。高揚からの気だるさは瞼を重たくさせた。

うつらうつらと船をこぎ始めた白菊を抱き直し、莉汪も充足の息を吐く。

そうしていつの間にか二人して眠りに落ちていたのだ。

（心がふわふわしている）

心が満たされていると感じたのは初めてかもしれない。白菊は視界の端に入った碁盤に目を遣った。

途中のまま、置きっぱなしになっている大勝負。何度、理由をつけて仕切り直しても結果は決まっていたのだ。

端から白菊に勝ち目などなかった。莉汪も白菊の腕前を見てそんなことはとっくに分かっていたのだろう。なのに、彼は知っていて気づかないふりをしたのだ。

もしかして、暇つぶしに絵を描き始めたのも、白菊の気持ちを勝負から逸らせる為の故意の行動だったのだろうか。

そして白菊はまんまと彼の策に嵌《は》まり、童心に返って遊んだ時が楽しくて、勝負のことなど二の次になっていた。莉汪がりぃさまだったことが分かり、頑なに守り続けてきた心の壁が薄くなった。

今までに感じたことのない快感を得られたのもそのせいなのだろうか。

幼い頃、とても好きだった人。――では、今は？

「莉汪」

彼の名を口にした途端、これまでとは違う感情が湧き上がってきた。懐かしさとは違う、もっと心を熱くさせるもの。

心当たりのある気持ちの名に、白菊は首を振って否定した。

昨日まではこの世の誰よりも嫌悪していたくせに、相手の正体が分かった途端心変わりするなんてありえるのだろうか。再会してから彼が白菊にしてきたことは到底すぐには許せるものではない。

（まだ駄目）

芽吹いた情を育てる気にはまだなれない。

それでも、莉汪の言葉は前よりも素直に受け入れられそうな気がする。

たくさん酷いことを言われたが、すべてが白菊を貶していたわけではないと今なら少しだけ思える。痛烈な批判の中にも大事な言葉があった。莉汪が何をもってそれらの言葉を白菊に向けていたかは分からない。けれど、母や俗世から引き離されたことで白菊は自分を見つめ直す機会を得た。他人任せだった自分の人生を自分の足で歩いてみたいと思う欲求が生まれた。その糸口を作ったのは、他でもない莉汪だ。

もしかして、彼は白菊が思うよりずっとまともな人なのだろうか。

破天荒な行動ばかりが目についていたけれど、曲がりなりにも賊の頭領となった者だ。一派を率いる力がなければ担えるはずがない。仮に彼の行動すべてに理由があるとするのなら、白菊を人柱にはさせないと言った言葉はただの酔狂ではなく、本心だったとするなら……。

そこまで考えて、虚しい空論だと気づいた。

時視の巫女の予言は外れることはない。たとえ莉汪が白菊の為に奔走してくれたとしても、やはり最後には人柱になるのだろう。

時視の後継を名乗った時、莉汪も言っていたではないか。白菊が人柱になる時を視たと。一度も外れることのなかった予言を今また思い出し、そっと瞼を閉じた。

どうして今頃になってりぃさまと再会してしまったのだろう。

再び会えるなど夢にも思わなかった。会ってしまったから、また決心が鈍ってしまったではないか。

辺りに転がる酒瓶に胸が痛む。あの中のどれかに薬を仕込んだことを後悔していた。

浅葱は一瓶飲み終える頃に効果が現れると言っていた。けれど、今のところ莉汪にそれらしい兆候はない。

あぁ、せめて仕込んだ瓶に目印をつけておくべきだった。

あの時は、後ろめたさを覚えるなど思いもしなかった。一時の感情に流され、浅はかな選択をしたと気がついても、もう遅い。今は莉汪が薬入りの酒を飲まないでいてくれることを願うしかない。

もどかしさばかりが心に募った。

莉汪を傷つけたくないと思う心がある。

果たして今の自分は時視の巫女である母の予言と、莉汪の言葉のどちらを信じ、どちらが現実になることを願っているのだろう。

ほうっと息を吐き出し、目を開けた。

（蜘蛛がいない……）

格子窓から見えるはずの姿がない。立ち上がり、窓の外を覗き見た。

(さすがに死んでしまったのかしら)

蜘蛛の巣には蝶の亡骸もない。あれだけではきっと飢えてしまったのだろう。

キョロキョロと辺りを見渡し、巣から少し離れた窪みにその姿を見つけた。

拘束されたままの両手で戸口を開けて外に出る。霧雨の中、蜘蛛がいる場所を覗き込めば、白い繭を見つけた。

(この蜘蛛、子を宿していたのね)

見れば、あんなに膨れていた赤い腹が見事なくらい小さくなっていた。母蜘蛛はできたばかりであろう繭を守るような恰好でぶら下がっている。ぷらぷらと風に吹かれる姿に、この蜘蛛は絶命しているのだと感じた。

禍々しい姿であろうと、死んでもなお繭を守る蜘蛛の姿に母の愛を見出せば、繭の中で眠る無数の稚児達が羨ましくなった。

白菊には母に守られたという記憶がない。

(お前達はいいわね)

もっと単純な命に産まれていれば、こんな気持ちを味わわなくてすんだのだろうか。

風に揺れる蜘蛛の死骸を眺めながら佇んでいると、「おい」と後ろから声をかけられた。

新しい酒瓶を手にした浅葱は、白菊のぼんやりとした様子に眉を顰めた。

「どうした、浮かない顔だな」

浅葱の姿を見た途端、心が翳った。

今しがた覚えた後悔が再び胸を覆う。心の奥まで覗き見られているような三白眼に動揺を悟られたくなくて横を向いた。

「別に」

（何が本当で誰を信じたらいいの？）

「莉汪に何を吹き込まれた」

あぁ、考える時間が欲しい。彼等の言葉はまるで絡まった糸だ。手繰り寄せる糸を間違えればきっと取り返しのつかないことになってしまう。

「――何も」

「お前、嘘が下手だな。迷っていると顔に書いてあるぜ」

せせら笑い、浅葱が傍に立った。乱暴に顎を掴まれ上向かされる。

こけた顔が病人のようだ。ぎょろりとした目で見据えられ、怖気が走った。見た目だけなら浅葱の方がよほど鬼に相応しい。

「莉汪は言葉巧みに人を惑わす。あいつの口車に乗せられるな、お前が信じるべきは俺だ」

鋭い眼光が白菊を射貫く。そこには莉汪に対する激しい憎悪を感じた。

この二人の間にも因縁があるのだ。

だがそれは浅葱だけが拘っているようにも思えた。莉汪は彼の存在をさほど気にしていないと感じるのは気のせいだろうか。

「あなたはどうして莉汪を陥れようとしているの?」

莉汪に従うふりをしながらも、彼を亡き者にしようとする暗い感情を浅葱は抱いている。では憎しみの源とは、何。

「余計な詮索はするな。お前は自分の望みの為に動けばいい」

浅葱の言い分はもっともだ。白菊に彼等の確執の原因を知る権利はない。

ならば、白菊の望みとは何だっただろう。

彼と密約を結んだ時は、「屋敷へ戻る」という確かな願いがあった。しかし、それからの時間で白菊は気づいてしまった。

母が自分を受け入れていないことに。

辛い過去を思い返してみても、母からの拒絶の言葉はあっても白菊を肯定する言葉は一言だってもらえなかった。いつだって母は白菊につれなかったではないか。母は一度も白菊を抱きしめてくれなかった。共に時間を過ごしてもくれなかった。白菊の好きなものを知ろうともしなかったし、滅多に名を呼んでくれることもなかった。けれど、莉汪はそれらすべてをしてくれる。つまり、——そういうことなのだ。

自分のすべての時を母に愛されたいが為に費やしてきた白菊にとって、その現実はあまりにも残酷で失望させた。果たして今、母の櫛を手に取っても以前と同じだけの信頼を抱くことができるだろうか。

考えるほど堂々巡りに陥る。そんな白菊に浅葱は決断を迫ってきた。

「朝廷は時視の巫女を水神に捧げると決めた」

「そんな……、時視の巫女はお母様しかいないのに！」

聞かされた決定はあまりにも唐突だった。

「儀式の日はすぐそこだ。お前が戻らない以上、代わりが必要なんだ。朝廷はお前が攫われた時点で予言は外れたものとみなした。当たらない予言者はいらない。未来の指針となる者はなにも時視の巫女でなければいけないことはないからな。これまでは巫女の能力に勝る占者はいなかったから、重宝がられていただけだ。が、その巫女の予言が外れたとなればどうだ？　この機に乗じて巫女に取って代わろうとする占者はそれこそごまんといるだろうよ」

「お母様が人柱になるのは私のせい……？」

「そうだ」

断言され、ざっくりと心が切られた。

朝廷が母を水神に差し出そうとしている。それほど朝廷は窮地に立たされているのか。無謀な決定を下さざるを得なかったのもすべては白菊がいなくなったせいにほかならない。

自分がぐずぐずしている間も時間は流れている。悩んでいる時間はないのだ。

「それでもお前は莉汪を選ぶのか」

決断を迫られても、即答などできない。嫌われていても、白菊にとっては唯一の母だ。

見限ることなどできるはずがない。だが、それには莉汪を陥れなければならない。

母と莉汪との間で、心がゆらゆらと揺れる。

どうして自分はこうなのだろう。

いつまでも同じ場所で悩み、まごつき狼狽えているだけ。ようやく一歩を踏み出したのに、また引き戻される。

強くありたいと思った。臆病な自分を変えたかった。自分の人生くらい自分で決められなくてどうする。

「昨夜、討伐隊が都を発った。今日にはここへ来る」

ハッと顔を上げると、浅葱がニヤリと口端を上げた。

「今更降りられると思うなよ」

乗り込んだ船が望んだ場所へ行かないと気づいた時、人は次に何をすべきなのだろう。

浅葱は持っていた酒瓶を白菊に押しつけた。

「あれを放っておけば、この先死人が増えるだけだ。躊躇をするな、どんな手を使ってでもこの酒を飲ませるんだ」

「何を入れたの？」

浅葱が持ってきた酒だ。何かが仕込まれているに違いない。

「お前に渡した薬と同じ種類のものだ」

「待って、私は！」

できないかもしれない。

「何をしている」

混沌に呑まれかけた白菊を掬い上げたのは、莉汪の声だった。

ビクリと肩を震わせ浅葱の向こうにその姿を見た。莉汪は荒々しい足取りでやってくるや否や、浅葱の頬に拳をめり込ませた。

「きゃあっ！」

完全な不意打ちだった。殴られた方へ飛んだ浅葱が雨の中に転がる。その拍子に押しつけられた酒瓶が滑り落ちて割れた。派手な音を立てて割れた瓶から白濁の液体が雨と共に地面へ流れていく。

「言ったはずだよ、白菊は俺のものだ」

「い……てぇ、いきなり何する……ぐぁっ！」

今度は腹部を蹴り上げた。

「誰の許しを得て、ここへ来た？　誰がこの子と言葉を交わすことを許した。――調子に乗るなよ、浅葱」

発した声は寒気を覚えるほど冷たく響いた。青い目には確かに憤りがあるのに、莉汪が発する憤怒は凍てつくほど寒い。淡々と浅葱を痛めつける姿に矢科の鬼の姿を垣間見た。

「や…やめて！」

このままでは浅葱が危ない。本気で蹴り殺さんとする莉汪に向かって声を荒らげた。それまで無心で浅葱を蹴り続けていた莉汪がぴたりと動きを止めた。

「どうして止めるの？」

「死んでしまうからよ！」

「なら死ねばいいさ」

眉ひとつ動かさず仲間に対して死ねばいいと言い切った莉汪に強烈な嫌悪を覚えた。あくまでも自分が欲するものだけいればいいと言う莉汪からは残虐性ばかりが際立っている。

これが矢科の鬼の顔か。

気がついたら、二人の間に割って入っていた。莉汪の体を押しやり、浅葱を庇うように彼の上に覆い被さる。

「白菊……？」

「浅葱とは話をしていただけよっ、彼はあなたの仲間でしょう!? なのにどうしてこんな……、だから山賊は野蛮だと言われるのよ！」

「それを庇うの？　なぜ」

莉汪は白菊の行動が信じられないと言いたげな口ぶりだ。

「話なら俺とすればいいじゃないか。それと話す言葉があるなら、俺にくれてもいいだろう」

「私が誰と話すかまで、あなたに決められたくないっ」

体の下で浅葱が呻いた。

「いててて……」

「大丈夫!?」

「あぁ、平気。こいつは時々こうなるんだ、気にするな」

「でも……」

ならば、彼は莉汪が癇癪《かんしゃく》を起こすたびに痛めつけられているというのか。唇から血を滴らせる浅葱には同情を、そしてなぜか戸惑いを見せる莉汪には侮蔑の視線を投げた。

「白菊、こっちにこい。それに触れるな」

「嫌っ！」

伸びてきた手が強引に浅葱から白菊を引き剝がす。莉汪の腕に囲われ、暴れた。

「行け、二度と白菊に近づくなよ」

「男の嫉妬は見苦しいぜ」

空笑いをし、ゆらりと浅葱が立ち上がった。

「それじゃ、またな」

皮肉気な笑みを残し、浅葱はふらつく足で小道の方へと歩いていった。残ったのは、静かな殺気を漲らせる莉汪と、そんな莉汪を嫌悪する白菊だ。

抱き込まれた腕の拘束は強く、足掻くこともできない。

「離してっ」

「何を話してた」

ギュッと腕に力が籠もった。

「いた……っ」

「あいつから何を聞いた」

「――別に何も」

今の白菊に言える答えはこれしかなかった。けれど、それでは不服だと莉汪が食い下がる。

「嘘だね。俺から情報が出ないと分かったから、あれから聞き出そうとしたのだろう？ その為の見返りは何？ この体をくれてやるとでも言った？」

「違うわ！ そんなことするものですかっ」

あざ笑われ、咄嗟に反論するも、口を衝いて出た嘘を暴かれたくなくて俯いた。その様子に莉汪が目を眇める。

以前、嘘が下手だと言われたくらいだ。きっと莉汪も白菊のついた嘘を見抜いているに違いない。

押し黙ると、「ふぅ〜ん、そう」とひとり呟き、白菊を壁へ押しつけた。体温を感じるほど距離を詰められれば、おのずと背中を壁へ擦りつける恰好になる。たまらず身を翻し、室内へ飛び込もうとした時だ。目の前を莉汪の腕が遮った。

「何で逃げるの」

「べ、別に逃げてないわ」

「白菊、こっちをお向き」

「い……嫌っ。触らないで！」

両方の腕で囲われじりじりと距離が縮まってくる。顔を背けるも、頬に彼の吐く息があたった。むず痒い感覚に鼓動が速くなる。

「嫌だったら！」

頬にかかる吐息だけでおかしくなりそうだ。両手で彼を押しやるが、あっさりと頭の上で腕を壁に押しつけられた。脚の間に莉汪の脚が割り込む。上腿部分を使ってぐりぐりと股の部分を押された。前のめりになることも屈むこともできず、莉汪は吐息だけを耳やうなじに這わせた。直接触れられていないからこそ生まれるもどかしさに下腹部が疼く。

「は……ぁ」

脚で擦られている部分が湿り気を帯びていくのを感じる。

押し当てられた布越しの熱い塊は白菊を欲していた。唇に吐息を感じ、目を開けた。間近にある青い目は色情に塗れて濃い藍色にも見えた。

（なんて綺麗なの）

白菊はもう知っている。彼がどんなふうにこの体を熱くさせるのか、あの手がどれほどいやらしく体を弄るか、唇がどこで淫靡な蜜を啜るのか、全部知っていた。

想像しただけでたまらない。

欲しい、欲しい。目の前の男が欲しい。唇が戦慄く。今にも想いが零れ出そうだった。

理性と欲望がぎりぎりのところでせめぎ合っている。

切なくて涙が出てきた。莉汪はクッと苦しげに眉を寄せ白菊から言葉を引き出そうとする。脚が過敏な場所を執拗に擦る。そのたびに、腰骨がじんと疼いた。唇が触れ合う寸前の距離で互いの息を呑み込む。高まる熱に酸欠になりそうだった。

下肢の先から覚えのある感覚がせり上がってくると、はぁはぁと荒い息をしながらその時が来るのを待つ。

「……め、駄目、駄目っ」

うわ言のようにか細い声で拒絶を繰り返すも、もはやそれに何の意味もない。その直後だった。弾けた快感に顔を上げると同時に、噛みつくような口づけが唇を塞いだ。

「ふ……ぅん、んん」

びくびくっと体を痙攣させながら、莉汪からの口づけに夢中で応えた。舌がだるくなるほど長い口づけは、爆ぜたはずの欲情に再び火をつけた。唇を外すと、透明な液体が糸を引く。名残惜しさはすぐにやってきた。

欲しいのはこんなものじゃない。分かっている、催促するように腹部にあたっているこの熱く猛る肉欲の塊だ。

欲望に身を落とすのは簡単だ。人をやめ、獣となって本能の赴《おもむ》くまま性を貪ればいいのだ。幼い頃に見た父と母のように。

莉汪が欲しい。でも、白菊はまだ人でありたかった。

にもかかわらず、心とは現金なものだ。恐ろしい鬼なのに、彼から与えられるものに白菊は否応なく気づかされたことがある。

自分はずっと寂しかったのだ。

手の拘束だって解こうとすれば術はいくらでもあった。いつかのように碗を刃物にして切ればいい。莉汪が腰に差している短刀をもう一度奪うこともできたはず。本気で都を思うなら誰を犠牲にしてもあの小道を渡り山を下りるべきだ。

でも、白菊はどれひとつとしてしなかった。

莉汪に捕らわれ、仕方なくここに留まっている態《てい》を装った。ひとりぼっちではないことを心のどこかで喜んでいた。

莉汪のくれる温もりがとても嬉しいと。そう思っていたのだ。

「……嫌い」

だから、嫌いと言い続けなければいけなかった。芽吹いた情を受け入れてしまえば、自分の犯した罪にきっと押し潰されてしまう。

自分はもうすぐ莉汪を陥れる。だからどうかこれからすることに躊躇いを覚えさせないで。仕方のないことだったと諦めさせて。

(どうしてもっと早く攫ってくれなかったの)

「もっと……、もっと嫌いにさせて！」

刹那、罵倒ごと抱き込まれた。忙しなく口づけられ、中へと連れ込まれる。戸口に背中を押し当てられ、強引に跪かされる。目の前にむき出しになった欲望の証が反り返っていた。黒光りするそれを莉汪は白菊の顔に押しつける。

「しゃぶって」

発した声令は掠れていた。先端から滲み出た体液が頬に塗りたくられる。生温かい感触に鼓動が高鳴る。莉汪の匂いに心も体も興奮していた。

唇を突かれ、白菊は恐る恐る口を開けた。舌を出し、滲む体液を舐めた。美味しいとは思わなかったが汚らわしいとも思えなかった。先端を舐めてから、側面へも舌を這わせる。ぴちゃ、ぴちゃと音を立てながら莉汪の太い魔羅を舐めた。

「咥えて」

言われるがまま口に頬張った。怒張した欲望は大きく、口いっぱいに広げなければとても頬張れない。どこまで呑み込めばいいかも分からないまま、喉の奥まで受け入れる。苦しくて涙が滲んだ。唾液を潤滑油にしてゆっくりと口を動かした。えづかないように加減しながら徐々に速度を上げていく。

「舌も使って、そう……。気持ちいいよ」

陶酔した声に、莉汪が快感を覚えていることを知った。髪を撫でた手が歪に膨らんだ頬も撫でた。

気に入ってもらえたことで白菊もまた夢中になった。口の中では唾液と莉汪から滲み出るものが混じり合っている。飲み込めないまま、それが口端から喉へと伝った。しばらくも経たないうちに顎がだるくなってくる。欲望の楔がさらに肥大したようにも感じられた。時折、口の中でびくびくと震えている。頭上から聞こえる吐息は、彼が限界を感じている証だ。

「あっ……」

ずるりと口から抜けて、後を追って顔を上げた瞬間、また唇が塞がれた。荒々しかった先ほどの口づけとは打って変わって、丁寧に莉汪が口腔を舐めまわす。まるで、先ほどまで入っていた彼の味を拭い取っているみたいだった。

「は……ん、んぁ」

息苦しいほどの口づけに首を振ると、腕を取られ立ち上がらされた。そのまま戸口へ顔を押しつけられる。腰を引かれ、慌てて拘束された手で体を支えた。着物の裾をまくり上げられ、露わになった臀部に莉汪の手が触れた。割れ目に沿って感触を確かめるように撫でる。肉を摑み両方の手でこねくり回されると、そのうちにくち…と水音が立った。

「や……」

「いやらしい音だ」

莉汪はわざと音がするように両手で持った肉を動かす。溢れた蜜は肉が擦れるたびに卑猥な響きを奏でた。

「俺が欲しいと啼いてる」

臀部に宛てがわれた欲望の熱さにきゅうっと秘部が収縮した。ぬるぬると動くたびに体が煽られる。

「は……っ、あ……ぁ、あ……ん」

魔羅で擦られているだけなのに、それが気持ちよくてもどかしい。おのずともっと腰を突き出し快感を強請った。

「……クッ」

熱い飛沫が臀部に降り注ぐ。割れ目を伝う感覚に白菊もまた軽く達した。精を吐き出してもなお萎えない昂りが広げられた肉の奥にある窄みを突く。

これまでとは違う場所を先端で突かれてひっと息を呑んだ。

「駄目、そこ……違う……から」

「駄目？　でもほら、……こうすると蜜穴から蜜が滴り落ちてくる」

今にも怒張したものを埋め込まれそうな気配にぶるりと背中が震えた。

「怖い？」

こくこくと頷いてもまだ名残惜しそうに先端が催促をかけていた。が、するりと滑って蜜襞にあたる。灼熱の楔が割れ目に沿うようにして動き出した。溢れた蜜が絡まり、くちくちと音がする。それが肉の芽を気まぐれに擦り上げるから、切なくて焦れったくてたまらなかった。

「や……ぁ、あっ、あ……もう」

「ならば、答えて。浅葱と何を話してた」

「本当に何も……、何も話してないっ」

「強情な子だ」

「ひ――ッ、やめて！」

窄みに潜りこもうとする先端に身震いした。

「お願い、やめて。それだけは嫌っ」

「いつになったら俺だけの白菊になるの。全部捨てておしまいよ。母も天命も都も、それよりもうんと幸せなものを白菊にあげる。ねぇ、白菊。俺を選んで」

それができれば、こんなに苦しい思いはしていない。

無理だと首を振れば、チッと舌打ちをする音が落ちてきた。

「白菊、欲しい？」

痺れるような快感が理性も自制も溶かしていく。肩越しに振り返ると口づけられた。窮屈な体勢が苦しいのに、まだ物足りない。糸引く唾液にすら名残惜しさを覚えて欲情に染まった青い目を見つめた。

「言って、何でも叶えてあげる」

望み、私の望みは。

「今だけでもいいから、俺を欲しがって」

切羽詰まった懇願じみた脅迫。口に出してしまえば、すべてが変わってしまう。それでも、目の前に差し出された強烈な快楽に誰が逆らえるだろう。

「欲し……い」

刹那、莉汪が悲しげに笑うと、襞を擦っていたものを容赦なく奥まで押し込んできた。

「あぁ——っ、やっ……、あっ、あ……ん」

一瞬で目一杯満たされると、すぐに律動が始まる。ごりごりと音を立てながら蜜壁を擦る刺激に白菊は悲鳴に似た嬌声を上げ続けた。粘膜が彼自身のものに絡みついているのを感じる。離すまいとぎゅうぎゅうに締めつけ、さらに奥へと彼を誘っている。腰がぶつかるたびに響く振動に頭の中まで溶けてくる。揺さぶられることの心地好さを覚えてしまったなら、後は彼が生む快感に溺れるだけ。夢中だった。

「も……っ、と。もっと強く……ぁん、んんっ」

腰を打ち込まれるごとに繋がり合った場所からは蜜が飛び散る。床にははしたない水滴の染みが無数にできていた。

両手で腰を支えられることでより強い振動が肉欲を呼ぶ。もっと深く繋がりたくて白菊は腰をつき出した。

支える下肢はぷるぷると震えている。片脚を持ち上げられ、体を横向きにされて穿たれる。

「はぁ……ぁ、ん……それ、好き。奥にあたって……ん、んぁ」

「知ってる、ここだよね」

「や……ぁ、あぁ……!」

それまでとは違う場所を抉る莉汪に翻弄される。体の中に溢れかえった快楽の粒たちが血の道に乗って指の先まで満たす。全身を包む甘い痺れに陶酔しそうだ。

ずるりと抜けた欲望に「あ……」と寂しさを零すと、苦笑した莉汪にまたすぐ貫かれた。向かい合う体勢で揺さぶられる。密着するとたくさん莉汪を感じることができた。彼の匂い、温もり、それら全部が白菊を満たした。

（あ……あぁ、また……くる。溢れ……ちゃう）

先ほどよりも大きい終焉の波に体中が期待に満ちている。薄目を開けると、彼もまた余裕のない表情をしていた。そして、なぜか怯えているように見えた。

けれど、今の白菊に理由を問うだけの余裕はない。その代わりに手を伸ばし、莉汪を求めた。縋りつくように抱きしめ返され、共に悦楽の果てへと駆け上がる。

「白菊、白菊……っ」

「あぁ……っ」

「――ッ」

ぐっと最奥を抉られた反動で絶頂へ飛んだ。その直後、莉汪もまた白菊の中に欲望を吐き出した。息を詰めて高まりすぎた興奮の波の余韻に震える。体の中では吐精したばかりの欲望がびくびくと動いていた。

莉汪は吐き出した精を擦り込むように、腰を擦りつける。

激情の余韻は長く、白菊達はどれくらいそのままでいただろう。

「共に行こう」

莉汪が呟いた。ゆるりと目を開ければ、「二人で逃げよう」と言われた。

思いもよらない弱音に瞠目する。

「何を急に、どこへ逃げると言うの」

「時視の予言が届かぬ場所ならどこでもいい。二人だけでどこか静かな場所で暮らすのもいい。しがらみを捨てて俺と」

堰を切ったように喋り出したかと思えば、唐突に言葉が途切れた。真上から青い目が白菊を凝視している。白菊もまた固唾を呑んで見返していると、ややして自嘲的な笑みと共に莉汪は目を伏せた。

「なんてね、……ごめん。忘れて」

ようやく波が引いて、莉汪が白菊の中から出て行く。途端、体から力が抜けた。弛緩した体を莉汪が抱き止める。彼は白菊を軽々と抱き上げると、褥の上に降ろす。莉汪もまたそこに座り、胡坐の上に白菊を乗せた。

白菊はあえて何の抵抗もしなかった。莉汪は手近に置いてある酒瓶を手に取り、手酌で盃に注いだ。

今の発言は何だったのだろう。

迸る激情に白菊は呆然とするしかなかった。垣間見た弱音は切羽詰まっているようにも聞こえた。これまでの飄々とした姿とは違う一面に心が戸惑いを覚えている。

莉汪は注いだ酒を飲んでいる。その姿はいつも通り悠然としていた。

（〝俺と〟その後、何と言うつもりだったの？）

これまでたくさん莉汪の言葉を聞いてきた。蔑み、狂気、溺愛。なのに、今の言葉が一番莉汪の心の傍にあったように思うのはなぜだろう。

知りたかった莉汪の心。ようやくその片鱗《へんりん》に触れられたのではないだろうか。ならば、その続きを聞きたいと思った。

その時ふと彼の手が小刻みに震えていることに気づいた。これまでにはなかった異変に嫌な予感がよぎる。

もし、今飲んでいるのが薬入りの酒だとしたら莉汪は……。

一気に体に緊張の走る白菊を横目に、莉汪は二杯目を飲んだ。

「の、飲まないでと言ったはずよ」

心の中だけで願っていた思いがつい口を衝いて出た。

莉汪はひょいと片眉を上げた。

「さて、そんなことを言われたかな？」

ちゃかされて口籠もるも、次を飲もうとしている莉汪に目がいってしまう。

気を揉む白菊を面白げに見遣りながら、三杯目を飲み干した。

どうしよう、いっそのことあの酒瓶を取りあげてしまおうか。でも、きっと莉汪は理由を尋ねてくるはずだ。

上手い言い訳も浮かばず、ひとりやきもきしている間に四杯目が注がれる。

(駄目、それ以上は飲まないで！)

「やめて！」

思い余り、気がついた時には莉汪の手から盃を払っていた。盃は軽い音を立てながら床へ転がった。

沈黙が居たたまれなくて、彼の顔を見ることができなかった。

「白菊は優しい子だ」

突拍子のない褒め言葉に面食らった。

「黙って見過ごしてさえいれれば、お前の望み通りになっていたのに。そんな顔をしていたら酒に何か仕込んだと白状したようなものじゃないか」

クックッと笑いながら、莉汪は褥の下に手を差し込む。その手を押し止めようとした時には莉汪が母の櫛を引き抜いた後だった。

「気づいていないと思ってた？　気づくでしょう、こんなものが体の下にあれば。酒に仕込んだ薬は何？」

明るみに出た悪事に対して白菊はどんな弁明も浮かばなかった。

莉汪はいつから気がついていたのだろう。知っていて知らないふりをし続けた理由は何。

「白菊」

すごみの利いた低音に、ビクリと肩が震えた。

観念しろ、と言われているような声音に、これ以上抗うことはできない。

「……遅行性の痺れ薬」

「ふぅん」

浅葱の画策に薄ら笑いを零し、莉汪は手にしていた櫛をも放り投げた。

「な――っ!? 何するのっ」

「あんなもの、白菊が持つ価値もないよ」

「そんなことどうしてあなたが言えるのっ、あれはお母様が大事にしている櫛なのよ！

私の身を案じてわざわざ浅葱に……、あっ」

思わず漏らしてしまった共犯者の名に、あっと口を押さえたが後の祭りだ。

「そう、浅葱がね。それで、薬を渡してきたのも浅葱か？」

浅葱の名を聞いた途端、莉汪の纏う気配が変わった。ぞわりと総毛立つ。

「あいつらしいやり方だ。白菊は何と言われてあれの誘いに乗ったんだ」

「あの……、その」

「もうばれたから隠す意味なんてないよ」

それでもまだ尻込みしていると、莉汪が苦笑交じりに言った。

「ここから逃がしてやるとでも言われた？ その見返りが俺に薬を盛ることだった？」

詫びる言葉は出てこなかった。今さら詫びたところで莉汪には何の意味もないからだ。

莉汪はもうすぐ体の自由が利かなくなるだろう、そしてやがて来る討伐隊に捕らえられるのだ。

一度はこの結末を望んだ。なのに、今はこんなにも胸が痛い。

だからこそ分かる。これは間違いだったのだと。

「おかしいな、それならどうして今俺を止めたの。白菊はここから逃げ出したかったんだろう？」

違う、と言おうとして口を開きかけた。が、肝心の言葉はひとつも出てこない。浅葱に催促された時も白菊は迷っていた。母を見捨てることができなかったからだ。

「逃げ出したいと思ってた。でも……」

「でも、躊躇いもあった。それはどうして？」

問われて、言葉に詰まる。莉汪はいつもそうだ。白菊が己の心と向き合うまで執拗に問いかけ続ける。そうやって白菊の中から答えを導き出させるのだ。

「……分からなくなってたから」

「自分の心が？」

声音の優しさに顔を上げた。醸し出していた冷酷さは消え、こちらを見る莉汪にあるのは白菊の言葉を聞こうとする真摯《しんし》さだけ。

「なぜ、怒らないの？」

「言っただろう、白菊を壊したいと」

「でも、それは私を凌辱することだったのではないの？」

壊すことと白菊の罪を咎めないこと、このふたつがどう関係するというのか。白菊の傍にいながら彼は何を思い続けていたのだろう。

莉汪はその表情に少しだけ悲しみの色を混ぜた。

「そうでもしなければ、白菊は何も見ようとしなかった。――違うか？」

あぁ、そうか。これが彼のみせた狂気の根源だったのか。

なんて寂しげな顔で笑うのだろう。

逃げ出したいと願っていた。脱走に失敗し、体と心を拘束された。莉汪に母への気持ちと自分の生き方まで否定され、すべてが混沌へ落ちてしまった時に、母の櫛を持って浅葱がやってきた。彼は白菊を肯定してくれただけでなく、母の想いも届けてくれた。それは、白菊がずっと欲していたものだった。莉汪の言葉こそが嘘であると言われた。だから、白菊は彼に協力することを決めた。白菊もまた、莉汪の言葉を受け入れたくなかったからだ。

だが、莉汪がしてきた無体はすべて白菊の目を覚まさせる為のものだったとしたら？

思えば、はじめから莉汪にはあるはずのものがなかった。白菊に対する負の感情だ。理由が分からないから狂気だと思った。

母の言葉を信じそれ以外のものには目もくれなかった白菊が、自分の人生について考えるようになったのは莉汪からもたらされる再三の否定があったからだ。

莉汪はずっと白菊の心に話しかけていたのだ。そうして思い出してほしかったのかもしれない。まだ孤独に苛まれてしまう前の、りぃさまを慕っていた頃の自分を。そんな彼の行動は極端で、対話ではなく体を繋げることを解決の手段に選んだ。母の言葉だけを信じている白菊には莉汪の言葉は届かないと思ったのだろう。だから、白菊を拉致し、この建物に監禁した。外界から完全に隔離することで、白菊の目を、耳を、心を彼に向けさせようとしたのかもしれない。

それでも、これだけは確信をもって言える。莉汪から愛されていた頃の自分のままだったなら、この道を選ばなかったはずだ。

――人は選択を迫られた時、何をもってその道を選ぶのだろう。

その答えを垣間見た気がした。

その時だ。グラリ…と莉汪の体が傾いだ。目を見張る白菊の前で莉汪がくずおれる。

「り……おう?」

震える手で莉汪の体を揺すった。辛うじてこちらを見たその顔は真っ青だった。息苦しそうな浅い息遣いと額にびっしりと浮かぶ玉の汗に愕然となった。

「嘘……、だって痺れ薬だって聞いていたのよ。莉汪、莉汪っ!」

どうしよう、私のせいだ。

焦燥に心ばかりが急くも、恐怖で体が動かない。自分のせいで傷つく人を目の当たりにして、腰が完全に抜けてしまった。

「い……い、……げろ。外に朴がいる……から」

莉汪が切れ切れになりながら声を発した。逃げろ、と言われて涙が出た。

逃げなければいけないのは莉汪の方なのだ。

「ごめんなさい……っ、ごめんなさい。ごめんなさいっ！」

莉汪の体に顔を伏せ、涙声で詫びた。

なぜもっと早く決断しなかったのだろう。大事なものに気づくのが遅すぎた。

やり方はどうであれこんな自分を気にかけ、向き合ってくれたのは莉汪だけだったじゃないか。

「い……から、逃……げて。捕まれば、人柱に……」

母の予言は外れない。その恐ろしさを今ほど痛感したことはない。

「嫌、嫌よ！　莉汪も一緒でないと。ねぇ、莉汪！」

「それは約束が違うぜ」

唐突に戸口が開いて、浅葱が姿を見せた。

「それほどその小娘に入れあげていたとは、お前らしくない失態じゃないか」

嘲り、莉汪へ近づいてくる。白菊が莉汪を庇う恰好で彼等の間に体を滑り込ませた。

「莉汪に何を飲ませたの!?」

蒼白な顔で苦しむ莉汪の様子は尋常ではない。

「おいおい、今さら聞くか？　前に言った通りただの痺れ薬だ」

「嘘よっ、こんなに苦しそうなのに!?」

「しら……く、に……げ、ろ」

白菊の背後で莉汪が呻いた。それを見た浅葱がふんと鼻白んだ。

「まだ話せるのか」

「待って、やめて！　莉汪はっ、……彼は次の時視なの。手荒なことはしないでっ」

「へぇ、やはりな。でも、それがどうした。こいつは矢科の鬼だ。――退け」

取り付く島もない声音に一蹴され、体を押しのけられる。

浅葱は莉汪の前に立ちふさがり、むんずと髪を摑んで仰向かせた。

「どうだ、少量ずつ体内に蓄積された薬の効きは。お前の為に作り上げた傑作品だ。なにせその体は普通じゃないからな。でも、労した甲斐があったみたいだな。もう口も利けまい」

そのまま、拳で莉汪の顔を殴りつけた。

「やめて!!」

その腕に飛びつくが、片腕で易々と払われた。

「知っているか？　こいつは痛みを感じにくい上に、人並み外れた治癒力もある。だから、この程度の痛みなんて屁でもなければ、刺されたって簡単には死なないんだよ。なぁ、そうだよな？」

痛みを感じにくい？　刺されても死なない人間が果たしてこの世に存在するのか。

凝然《ぎょうぜん》と莉汪を見つめた。だから、どれほど白菊が手を上げても平然としていたのか。

でも、それが莉汪を傷つけていい免罪符にはならない。

床に横倒しになった白菊の耳に、幾人もの荒々しい足音が聞こえた。

「莉汪は……どうなるの」

震える問いかけに、浅葱がニヤリとほくそ笑んだ。

「極悪人は死刑だ。火あぶりか、釜茹《かまゆ》でか磔《はりつけ》か。どれがお前の最期に相応しいだろうな」

「そんなっ、それでは約束が違うわ！　莉汪の刑が軽くなるよう取りはからってくれると言ったから私は――っ！　まさか、嘘なの？　それじゃ、お母様の話も全部……？」

「ようやく気づいたか」

騙されるお前が悪いと言わんばかりの口調に愕然となった。浅葱ははじめから白菊のことも莉汪のことも助ける気などなかったのだ。

でも、それならなぜ浅葱が母の櫛を持っていたのか。先ほど莉汪に放り投げられた櫛を横目で見遣ると、「あぁ、それか」と浅葱が苦笑した。

「時視の巫女が藍色の櫛らしきものを持っていると聞いたから、適当に見繕ってきただけだ。まさか、そんなもので本当に騙されてくれるとは思わなかったぜ。本物かどうかの見分けもつかないなんて、お前。可哀相だな」

母子の絆の薄さを露呈された挙げ句、嘲り笑う声に何も言えなくなった。

「潮時だ、莉汪」

戸口が開いて、槍を構えた男達が一斉に莉汪を取り囲んだ。駆け寄ろうとした白菊もまた彼等によって捕縛される。

「莉汪ッ、莉汪!!」

薬が効いているのか微動だにしない莉汪は、瞬く間に縄で縛り上げられていった。その光景に愕然としながら、夢中で莉汪に呼びかけた。

(私のせいで……、莉汪!)

「彼を放して、放しなさいっ!!」

がむしゃらに手を動かし、必死に莉汪の傍へ行こうと奮闘する。が、抑え込んでくる討伐隊の腕は頑丈で外れる気配などなかった。白菊は唯一自由が利く声をあらん限り張り上げ、引きずられ消えていく莉汪の背中に何度も呼びかけた。

視界の端で死んだと思っていた蜘蛛が巣に舞い戻っている姿に、得体の知れない不気味さを覚えた。

七章　懺悔《ざんげ》と恋慕

雨の中、白菊は討伐隊の手で九竜川近くの寺院に連れて来られた。その頃には白菊も暴れることをやめていた。力の限り抗ったところで、討伐隊の力には敵わなかったからだ。

莉汪を筆頭に、大勢の山賊達が彼等に囚われた。兵士達の着衣についていた血から、あそこで交戦があったことを悟る。矢科山を下山して間もなく、白菊は莉汪達とは違う道に入り、ここへ来た。

(この寺院……、まさか)

見覚えのある光景は、幼い頃、莉汪に連れてきてもらったことのある寺院だった。

中に入ると、思いがけない人が待っていた。あまりにも久方ぶり過ぎて誰だか分からなかったほどだ。何の隔たりもなく母の姿を見たのはいつ以来だろう。

その姿は子を持つ女人とは思えないほど若々しく、白菊とさほど変わらないように見える。艶のある黒髪に巫女の衣装がよく似合っていた。物憂げな眼差しと白磁《はくじ》色の肌、そして神々しさすら感じられる立ち姿に、誰もが一瞬固唾を呑んだ。

母は白菊の姿を見るや否や、感嘆の声を上げた。

「あぁ……」

豊かな睫毛に囲まれた目元に涙を浮かべ、母は白菊に駆け寄った。不意打ちだった母の行動に、白菊の胸に甘い期待が広がった。

その場にいた者はその時、誰もが娘の身を案じたのだと思っただろう。

だが、母の手は白菊を拘束している毛網だけを握りしめた。

「これがあの子の……。あぁ、あぁ……っ」

むせび泣きながら、毛網に顔を寄せる。期待はものの見事に打ち砕かれた。

母の気持ちはとうに気づいていたではないか。分かっていても、傷ついた。

ふわりと白檀《びゃくだん》の香りが鼻孔《びこう》をくすぐる。

これほど近くで母を感じたことがあっただろうか。そうさせているのが自分ではなく、手首の拘束具なのだと思うと、つくづく自分は母にとって何なのだろうと惨めになる。

自分はこんなものにすら勝てないのだ。

(どうしてなのですか、お母様)

母は愛おしそうに何度も毛網を撫でている。誰のものとも知れない毛髪に躊躇せず触れられる者などそうはいない。母にはこれが誰の毛で編まれたものか分かっているのだ。

母はようやく白菊の存在を思い出したのか、顔を上げて言い放った。

「誰か、はようこれから外せ」

曇りのない眼で見る現実は、なんとつれなく非情なものなのだろう。

限られた時しか会うことは叶わなかったけれど、自分達は母子だ。それなのに、母の態度はどうだろう。白菊を労わる言葉はおろか、娘の名を呼ぶこともせず、邪険な存在でだと言わんばかりの口ぶりではないか。まるでその手が触れている毛網の方が我が子のような扱いだ。

(我が子のような……。——まさか)

時視の巫女が抱きしめる髪は、時視の後継だと名乗った莉汪のもの。時視の巫女である母と、同じく時視の力を持つ莉汪。白菊の頭にひとつの可能性が浮かんだ。

母は討伐兵が解いた毛網を大事そうに胸に抱え、頬をすり寄せている。そうしてさっさと部屋を出て行こうとしていた。

「——待って」

思わず母を引き止める声が口をついた。だが、母の耳には届いていない。白菊は急き立てられるように声を張り上げた。

「私を……、私が賊に囚われていた間、一度でもこの身を案じてくださいましたか!?」

どうしてそんなことを聞いてしまったのか、自分でも分からなかった。ずっと母の機嫌を窺って生きてきた白菊にとって、自分から母に何かを尋ねることなどありえないことだった。そんなことをすれば、きっと母は気を悪くしてしまうと分かっていたけれど、どうしても今、自分の耳で母の気持ちを聞きたかった。

追いすがる声に、母はぴたりと足を止めた。そうして、ゆるりと白菊を肩越しに振り返ると、感情の消えた眼差しで白菊を見据えた。

「わらわを誰と心得る。お前が戻ってくることくらい分かっておったわ」

「それでも！　心を痛めてくださいましたかっ!?　私は賊に……矢科の鬼にっ」

言い淀むと、母は目を眇めた。

「お前はわらわの願いを叶える為の駒、天命さえ全うしてくれるのなら、その身がどうなろうと一向にかまわぬ」

「お母様……」

「お前に母と呼ばれとうない」

母は心底嫌そうな顔をした。

「あの男の血を引く子など怖気がするわ。おぉ、嫌だ。はよう土に埋もれてしまえ」

これが母の気持ちなのだ。

莉汪に言われ、現実を見ようと決めた。母が自分を嫌っていることにも向き合おうとした。

（あぁ、そうか。私は吹っ切りたかったのだわ……）

十六年間、支えとしてきた母への思いに見切りをつけたかったのだ。木端微塵となった母への慕情《ぼじょう》を越えて、新たな一歩を踏み出したいと願ったからこそ、あえて母に尋ねた。

母は一度も白菊を娘とは思ってなどいなかった。そのことがよく分かった。――だから、もういい。これでいいのだ。

「……莉汪は、彼はどうなるのですか？」

抑揚のない声で莉汪の行く末を問うた。

「この顛末を分かっていたのなら、莉汪の処遇もご存知のはず。彼はどうなるのです？　莉汪は時視の力を持っています！　お母様なら彼に科せられる刑にも口添えができるはず。お願いでございます！　どうか、彼を助けて！」

「ほう……」

「後生でございます。どうか、私のたったひとつの願いをお聞き入れくださいｌ！　その為なら何でもします。喜んで人柱にもなりましょう」

「お前が人柱になることは〝時〟の定めじゃ、――くだらぬ戯言を。耳が腐るわ」

睥睨《へいげい》し、懇願を一笑《いっしょう》に付す。

それきり母は一度も振り返ることなく寺院を出て行った。

扉が閉まった直後、がくりと膝の力が抜けた。

「……ぅ、く……ぅ」

堪えていた涙が滝のように溢れ出し、ぽたぽたと板の間に落ちた。自由になった手を持ち上げ、今しがたまであった莉汪の名残にくしゃりと顔を崩す。

（莉汪、どうしよう。どうしたらあなたを助けることができる!?）

　自分が愚かだったばかりに、莉汪の命を危険に晒してしまった。もっと早く自分と向き合うことができていれば、違う未来があったかもしれない。そう思えてならないからこそ、口惜しい。

　莉汪を助けたい。けれど、白菊にはその術がない。彼がどこにいるのかも分からない。心残りを抱えたまま、人柱になるしかないの？　――そんなの、嫌。絶対に嫌だ。

　自分の命がこの場で潰えるのが定めならそれでもいい。でも、莉汪だけは助けたい。彼がどれほど卑劣な悪党であっても、自分にとっては大切な人だから。

　誰からも敬遠されてきた白菊に、彼だけが真正面からぶつかってきてくれた。飄々としているくせに破天荒で、乱暴で酒好きなどうしようもない人だけれど、優しいところもあった。可愛いところもある。なにより、白菊のことを心から想ってくれている。

（――恋しいの）

　心に根づいた情の名は「恋慕」。

　酷いこともたくさんされたけれど、今は莉汪への確かな愛情が白菊の心を埋め尽くしている。いつの間にこんなにも彼を想っていたのだろう。人の血肉だけでなく心をも喰らう矢科の鬼。けれど、彼にすべてを喰われるのなら本望だ。

（莉汪に会いたい）

　もう彼と共に桃源郷を探しに行けないのなら、せめて最後に一度だけでいいから彼に会いたかった。

（莉汪、莉汪莉汪莉汪！）

けれどどうすればいいのだろう。

白菊は自由になった両手をじっと見つめ、ゆるりと顔を上げた。入り口には兵士が一人いるだけだ。泣き崩れた白菊に油断しているのが見え見えだ。

ここへ来る時通ったあの分かれ道を行けば、莉汪が連れ去られた場所も分かるかもしれない。今行かなければ二度と莉汪に会うことはできないだろう。

自分の足で取りにいかなければ、何も手に入らない。そう莉汪は教えてくれた。

（間違ってないわよね、莉汪）

心のうちで問いかけ、ぐっと気合いを入れる。兵士は知らない。この寺院には隠し扉があるのだ。

それは捨て置かれている間に、雨風に晒され自然にできた壁の綻び。外壁が腐り、もろくなっている場所があったはずだ。あそこに体当たりすればきっと外へ出られる。その先は森になっている。そうなれば小柄な白菊の方が動きやすいはず。

幸い、兵士は白菊の様子に気づいていない。そろり、そろりと後ろの壁ににじり寄り、意を決して駆け出した。

「な――っ、逃亡だ!!」

けたたましい音と共に、白菊が寺院の外へ転がり出る。面食らった兵士が大声を上げて脱走を知らせた。

叩きつける雨の中、白菊は一目散に森の中へ逃げ込む。ぬかるみに足を取られながら夢中で駆けた。だが——。

「おいたはいけないなぁ」

追いかけてきた浅葱に呆気なく捕まった。兵士達がまごつく場所でも矢科山をねぐらにしてきた浅葱なら慣れたもの。

「や——っ、裏切り者！　離して!!」

「おいおい、俺ははじめから朝廷の内偵者だと言っただろう。アイツにたぶらかされて勝手に鞍替えしたのはお前だろうが」

「莉汪に酷いことをしないって言ったくせに！」

「俺だけが悪者かよ。お前だって莉汪を討つことに喜んで乗ってきたじゃないか。今さら善人面するなよ」

「——ッ」

歯がゆさから押し黙ると、浅葱はへらっと下卑た笑みを浮かべた。

「それで、愛しい愛しい莉汪様のところへ行こうってか？　泣かせるね、そんなにもアイツが恋しいか」

後ろ手に腕を捻り上げられ、苦痛に顔が歪んだ。

「いたっ……。莉汪は……、どこにいるの!?」

苦痛に呻きながらも睨みつけると、「お前に教えてやる筋合いはねぇよ」と一蹴された。

最後の望みも断たれ、白菊は浅葱に担ぎあげられる。

「やめ――、莉汪、莉汪――ッ!!」

雨音に白菊の悲鳴だけが虚しく響いた。


寺院に連れ戻された白菊は兵士達の手で四肢を拘束され、猿ぐつわを噛まされると、乱暴に板の間に放られた。

「んん――ッ、ん――!!」

その後はどれほどもがき呻こうとも、格子扉は固く閉ざされたまま。白菊はただ口惜しさに泣いた。

日が落ちてしばらくした頃、カタン…と格子戸が開く音に目を遣れば、誰かのつま先が見えた。視線を上げると、藤江が立っていた。手には笹《ささ》の葉に握り飯をふたつ乗せたものを持っていた。

泣き濡れた白菊の顔を見て、藤江が渋面を作った。

握り飯を板間に置き、横たわる白菊の体を起こす。猿ぐつわを外し、手足の拘束も解いた。

「夕餉です。食べなさい」

痛む手首を摩っていると、藤江が有無を言わさず白菊の両手の上に握り飯を乗せた。

（どうしてこんなものを）

ささくれた気持ちのまま、わざと床に落とした。すると、藤江がそれを拾い上げてまた白菊の手に乗せた。

「なりません。食べるのです。そして待ちなさい」

強い口調が煩わしくて、また握り飯を手の上から払った。どうせ、明日には消える命だ。今さら食べたところで何の糧になるというのか。

この期に及んで説教をする藤江が憎々しくてたまらなかった。

「かまわないで」

抑揚のない声ですべてを拒絶した。

すると、再度藤江は握り飯を拾い、食べろと告げてきた。

「白菊様の人生ですよ。しっかりなさい」

（私の人生ですって？）

白菊はそれをあざ笑い、侮蔑の目で藤江を見遣った。

「何を言っているの？　私の人生など一度だってあった？」

母は白菊のことを駒だと言った。自分の望みを叶える為だけの駒だと。天命を全うしさえすれば、この身がどうなってもかまわないとさえ言ったのだ。

母はすべてを承知でこれまでのことを傍観してきた。そしてあけすけなまでに嫌悪感を露わにし、白菊を拒絶した。

白菊に母と呼ばれることに怖気を覚えながらもそれを容認してきたのは、母自身の望みを叶える為だ。母に愛されることを望み、母の言葉通りに生きてきた白菊の人生は、母に握られていたと言っても過言ではない。

自嘲めいた冷笑を浮かべると、藤江が傷ついたように顔を歪めた。

(空々しい)

白菊の境遇を藤江が知らないはずがないのに、どうして傷ついているのか。

顔を背けると、ややして藤江が声を発した。

「……申し訳ございません」

届いた言葉に耳を疑った。横目で窺い見た直後、藤江の様子に目を丸くする。

泣いていたからだ。

はらはらと涙を零し、藤江が悲嘆に暮れていた。

「藤江……？　何を泣いているの」

問いかけに、藤江は肩を震わせまた小さな声で詫びた。涙目のまま怪訝な顔をした白菊を真っ直ぐ見つめる。その手は強く白菊の両手を握り込んだ。

「これを。いいですね。必ず中を割ってから食べるのですよ」

何度も手を握り直し告げる。まるで白菊の手の感触を確かめるように、何度も何度も。

「藤江、どうかしたの？　なぜ泣いているの、話してくれないと分からないわ」

ふてくされていた気持ちも忘れ、問いかけた。だが、藤江は小さな声で白菊の名を呼ぶばかりだ。やがてその声も涙交じりになる。

「あぁ……、私の。私の……」

白菊の手に額を寄せる姿に呆然とする。何がこんなにも藤江の心を乱しているのか。ただ、彼女が白菊の身の上を憐れに思い泣いてくれていることだけは分かった。

「藤江、あなたも何かを隠しているの？」

思いつめた様子は、秘密を抱いていることを匂わせている。

「どうして誰も私に話してはくれないの？　私はこのまま何も知らぬまま死ななければいけないの？　ねぇ、藤江。答えて」

莉汪も、藤江も、母も、皆がそれぞれに秘密を抱えている。それらに白菊が関わっていることは明らかなのに、誰もそれを打ち明けようとはしない。

いったいなぜなのか。

「私の人生だと言うのなら、教えて。彼は今どこに居るの？　無事でいるのでしょう!?」

藤江は目を見張り、だが嬉しそうに笑った。

「自分の命よりも莉汪の身を案じると……。それほどに彼を好いているのですね」

藤江の言葉にからかいの響きはなかった。

「……どうして藤江が矢科の鬼の名を知っているの？」

囚われの身だった時に仲間が莉汪を呼ぶのを聞いていたのだろうか。

黙っていると、ややして藤江が口を開いた。

「私はこれまで白菊様に不遇にも負けない心をお持ちいただきたく、厳しく躾《しつ》けて参りました」

語り始めた告白は諦めの気配を孕んでいた。藤江の意図を図りかねている白菊に、彼女は弱弱しく笑いかける。

藤江らしくない笑みに胸騒ぎを覚えた。

彼女は今、何かを決断したように思えた。

「莉汪は、私の甥《おい》でございます。時視の巫女が春祇国の貴族欄家当主との間に産んだ御子。巫女が産んだただひとりの子なのです」

「ただひとりの……子?」

藤江の言葉に、耳を疑った。

まさに寝耳に水だった。

ここに至るまで、白菊はあまりにも多くの事実を知らずにきた。母のこと、莉汪のこと。自分の気持ち、思い出や過去。受け入れるにはあまりにも辛いそれらから目を背けることで、白菊は己の心を守ろうとした。

だが、莉汪はそんな白菊を苛め、現実に向き合えと言い続けた。

誰よりも白菊を想ってくれていた莉汪こそが、母の子。だから時視の力をも受け継いでいたのか。

「では私は? 私は母の子ではないの?」

白菊は愕然としながら藤江を見た。

「私の母は誰なの？　――ッ、藤江、答えて！」

悲鳴じみた怒声に、藤江は貝のごとく固く口を閉ざしたまま頭を垂れた。

なんということ。この期に及んで、まだ隠そうとするのか。

（なぜ教えてはくれないの？）

白菊は黙ったまま藤江を凝視した。彼女は莉汪を甥と呼んだ。それはつまり――。

「藤江と母は姉妹だったの……？」

「はい。姿は天と地ほど違えども巫女様は私の血の繋がった妹にございます」

先ほど久しぶりに見た母の可憐さを思えば、藤江はなんと老いて見えるのだろう。彼女は母の傍で何を思い、どんな時を生きてきたのか。

「藤江を私の伯母上様……と、呼んではいけないのよね。母は私の母ではなかったのだから」

親子であろうとしたのは白菊だけだ。

藤江は苦しげに眉を寄せた。それは白菊が間違ったことを言った時に見せる仕草によく似ていた。じっと藤江を見つめながら問うた。

「母はどうして莉汪を捨てて、疎《うと》んじている私を娘にしたの？」

母の様子から莉汪を案じていることはひしひしと伝わってきた。母は今も我が子を愛しているのだ。

「それは……、長い話となります」

　そう言って語り出したのは、春祇国の貴族欄家の当主と心を通じ合わせたせいで、大王の怒りを買った時視の巫女の悲恋だった。

　今から三十年ほど前、和国に春祇国の貴族欄家の当主が渡来した。青い目をした端整な顔立ちをした欄家当主は、朝廷で時視の巫女と出会い、恋に落ちた。だが、巫女はその時すでに先の大王の許嫁であったが為に、決して結ばれぬ運命だった。だが、互いに強く求め合った二人は恋を成就させようとする。巫女はすべてを捨て愛する者と共に海を渡る決意をした。しかし、その逃亡が先の大王に知れると、巫女は先の大王が用意した屋敷の奥に監禁されてしまう。先の大王は自分を裏切った母を許さず昼夜を問わず時視の巫女を蹂躙し、卑猥の限りを尽くした。本来の役目である時視すら許さず、巫女のすべてを支配しようとしたのだ。

　やがて、巫女は青い目をした男児を出産した。その姿は先の大王の逆鱗に触れ、巫女は真冬の雪の中、赤子を抱いて命からがら屋敷を逃げ出した。矢科山へ入ったところで大王が率いる追手に捕まり、巫女は赤子の命乞いと引き換えに先の大王の手中に堕ちた。

（莉汪――）

　それは、いつか莉汪が語った物語と同じだった。

　あぁ、莉汪が語ったのは作り話などではなかった。顛末こそ違えども、あれは母の話だったのだ。

思い浮かべた彼の姿に、今さらながら後悔がこみ上げてくる。適当な作り話だと気にも留めなかったことが、よもや現実のものだったなんて、どうして想像できただろう。

莉汪は時視の力で過去を視たのだ。

その時、どんな気持ちだったのだろう。

「しかし、大王は約束を守ることはありませんでした。憎い恋敵の姿をした赤子をどうして手元に置いておくでしょうか。大王は莉汪を山へ捨てるよう命じました」

莉汪はその後、山賊に拾われたのだ。

母も先の大王の裏切りを知っていた。だからこそ、大王を憎み、崩御した日に哄笑した。

白菊は、しばらく息をするのも忘れていた。

白菊の知る母は「静」そのものだった。常に屋敷の奥座敷にいて四方を帳で覆われた屏障具の中に座していたが、漂う気配はうすら寒く、心の片隅で恐ろしいと感じていた。白菊はそれを時視の巫女が持つ神々しさだと思っていたが、今なら分かる。

母は先の大王が治めたこの都を拒絶していたのだ。

彼の執着に呑まれていく中でも、母は莉汪を思い、去っていった愛しい人を恋しがり泣いた。ならばと先の大王は母に女児を宛てがった。それが白菊だと藤江は言った。彼は恋敵の子でなければ誰の子でも同じとでも思ったのだろうか。

けれど、白菊は藤江が語らなかった真を知っていた。やはり、莉汪が聞かせてくれた話だ。

（藤江なのでしょう……？）

あの時、莉汪はただの娘と語ったが、現実では天命を持って生まれた娘だったのだろう。母は白菊のことは望みを叶える為の駒だと例えた。憎い男の血を引いていても、天命を全うしてくれさえすれば、白菊の身はどうなってもかまわないと。

白菊の父は先の大王、そして本当の母は時視の巫女ではなく、藤江なのだ。

これまで誰よりも白菊に厳しかったのも、流行りの遊びや嗜み、教養を身につけさせてきたのも母と名乗れないなりの藤江の愛情だったと思うのは、都合のいい考えだろうか。屋敷の使用人ではなく、藤江に「共に遊んで」と言えば、頷いてくれたのかもしれない。藤江のことだ。きっといかにも渋々の態を装っただろう。

ぽたり、と涙が握り飯に落ちた。

孤独な夜を幾度も越えた。ひとりぼっちが寂しいと泣いた。一度でいいから母に抱きしめられたいと願った。

母と思い続けてきた人は、誰よりも白菊を疎んでいた。

藤江は自分が母だと名乗るつもりはないのだろうか。

あくまでも巫女付きの女房という立場に拘るのか。

「か……さま」

戦慄く唇から言葉が漏れた。ビクリと藤江の肩が震えた。

「なりません」

ぴしゃりと言い放たれた拒絶。けれど、母の時のような心を抉るような痛みはなかった。藤江もまた目尻に涙を浮かべていたからだ。

自分は明日、この世を去る。しかし藤江はこれからも時視の巫女に仕えていく身だ。不興を買えばどんな処遇が待っているか分からない。母はとても気まぐれで、白菊をこの上なく嫌っている。きっと自分と親しく話していたと知れば、藤江にも辛くあたるはずだ。

（そんな目に合わせられない）

どうしてこんな天命を持って生まれてしまったのだろう。

高貴な血などいらない。特別でなくてもいい。普通の子として生きたかったと、今になって思う。母がいて、美しい青い目を持った人と恋をして、幸せに暮らしてみたかった。

嗚咽を堪え、ただ涙を流して泣いた。

「……ぅ、くぅ……、ぅ……っ」

けれど、どうにもならない苛立ちがあった。歯を食いしばるも、悔しさが零れる。首を振り、体を強張らせた刹那。

「――ッ!?」

白菊は藤江の腕の中に引き寄せられていた。

「白菊……っ」

両手でしかと白菊を抱きしめる腕は莉汪とは比較にならないほど細い。

（――あぁ）

これが母の腕なのか。なんて優しく温かいのだろう。

白菊は見開いた目一杯に涙を浮かべ、ぎゅうっと母にしがみついた。

最初で最後の抱擁になるだろう。それでも、母の温もりを知ることができた。渇望したものを得られた幸福感が白菊を満たす。

幸せだった。

ややして、白菊の方から体を離した。

「もう行って。お母……時視の巫女様に知られる前に戻って」

「白菊様」

「私なら、もういいの」

莉汪の望みはきっと叶わない。天命には誰も抗えないのだ。

あぁ、彼は今どこに囚われているのだろう。もう会う術すら失ってしまったけれど、きっとどこかで生きていると信じたい。

自分が不甲斐ないせいで囚われの身となってしまった、愛しい人。

どうか、その命が一日でも長く在りますように。

「お願い、もし莉汪に会うことがあるなら伝えて。——愛している、と」

「白菊様……」

「遊んでくれて嬉しかったと。あんなに楽しい時間ははじめてだったと、彼に伝えて」

どうあっても逃げられないのなら、せめて幸せで心を満たしていこう。

莉汪のことを思い浮かべるとおのずと笑みまで浮かんできた。

愛おしさと死ぬことへの口惜しさが涙を押し出す。

「それほど莉汪を好いているのね」

藤江の問いかけに、唇を噛みしめながら白菊は頷いた。

この気持ちがまがい物であろうとかまわない。白菊が真だと思えればそれでいいのだ。

莉汪を愛している。

藤江もまた頷き、改めて握り飯を食べるよう言った。

「諦めてはなりません、白菊様。私はあなたをそのような軟弱者に育ててきた覚えはありません。そして天命に抗いなさい。誰かに決められた定めではなく、白菊様が選んだ道をお歩きください。この藤江、微力ではありますがお力添えをさせていただきます」

「え？」

たった今諦めた願いを藤江が拾い上げた。

意味を測りかねた時だ。遠くから人が近づいてくる気配がした。

「誰だ！」

開け放たれた格子戸から兵士の怒声がした。

「私です。巫女様のお心配りにより夕餉をお持ちしただけのこと。何か問題でも？」

懐に忍ばせていた何かを白菊の胸元に押し入れ、藤江がすくりと立ち上がる。その毅然《きぜん》とした姿に兵士がたじろいだ。

「い、いや。用が終わったのなら出てもらおう」

藤江はそのまま外へ向かう。

「白菊様。お達者で」

出る間際、振り返った藤江がそう言い残していった。素気無い別れの言葉だったが、あぁ言う以外、どんな言葉を選べるだろう。

兵士は握り飯を持った白菊を一瞥《いちべつ》し、戸を閉めた。

その後は燭台の灯りがぼんやりと夜暗を照らすだけになった。

藤江は去り際、何を忍ばせたのだろう。「あ……」手を懐に入れて取り出すと、それはあの日忘れた守り袋だった。

「藤江……っ」

白菊が大切にしているものだと知らなければ、見逃してしまうもの。山賊に囚われる前にこれを拾ってくれたのか。

愛されていたのかもしれない。

こんなことでもなければ、決して見ることのできなかった愛情。欲しかったものはすぐ近くにあったのだ。

白菊は屋根を叩く雨音を聞きながら、言われた通り握り飯を半分に割った。すると、中には小さな包み紙が入っていた。

(何かしら?)

もうひとつの方も割ってみると、こちらには小さく折りたたんだ文が入っていた。

『解毒剤を飲んでから食べなさい』

不吉な一文に瞠目した。つまり、握り飯には毒が盛ってあるということだ。

じっと手のひらにのせた包み紙を見つめる。開いてみると、白い粉が入っていた。

浅葱との一件があるせいか、どうしても薬にはよい印象がない。この期に及んで藤江が白菊を騙しているとは思わないが、やはり躊躇いがないわけではなかった。

(でも、これが天命に抗う一歩になるのなら)

意を決して、白菊は解毒剤を飲み込んだ。

☆★☆

藤江は早鐘を打つ胸を押さえながら、寺院を足早に離れた。零れ落ちる涙は雨と共にとめどなく頬を伝う。

(あぁ、白菊……)

今生の別れになるかと思うと、涙が止まらない。

何もできない子だとばかり思っていたのに、いつの間に娘は大人の女になっていたのだろう。

白菊が背負うものが天命ならば、藤江は咎を背負っている。

遠い昔、藤江は報われない恋を見た。変えられぬ定めと知りながらも、彼等に手を貸した。和国で幸せになれぬのなら愛する者の国で幸せを摑んでほしい。不憫な彼等を案じ、自分ができる精一杯のことをしたつもりだった。

しかし、果たしてその気持ちだけだったのだろうか。

妹の心を奪った男は藤江の心をも奪っていた。報われない想いを抱かせた男と彼に愛された妹を疎ましく思う気持ちがなかったとはいえない。幸せになってほしいと思う傍らで邪な心があったのも事実。

藤江の行動が裏目となり、彼等の恋は悲恋となった。今、自分はその償いの果てにいる。それでも、藤江は誰にも言えぬ幸せを感じることができていた。成長する我が子を傍で見守り続けられる幸福は、何ものにも代えがたい。

母と名乗れぬのならばと、巫女付きの女房としてできる限りのことをしてきたつもりだ。あの子が自分以外の者を母と呼び恋しがっていても、自分にはどうすることもできない。抱きしめてやりたくても、その資格はない。藤江に許されていたのは、白菊を傍で見守り続けることだけ。

その娘が身を焦がすほどの恋を覚えた。命を投げ捨ててもいいと思えるほどの相手に出会ったのだ。その者はかつて藤江が密かに心寄せた男の実の子。三十数年の時を経て対峙した莉汪は、まるであの方が再び目の前に現れたかと見紛うほどよく似た容貌をしていた。

あぁ、娘が泣いている。

莉江が恋しいと泣いているではないか。

叶えてやりたい。今度こそ悲恋になどさせてなるものか。

あの頃よりも強い決意が藤江を奮い立たせる。たとえそれが実の妹を殺すことになろうとも、自分にはそれ以上に尊い存在があるのだ。

天命を変えることはできないと妹は言う。自分の視る時は外れない、と。

けれど、藤江は思う。人には想いがある。それはやがて定めにすら勝てる力になるのではないだろうか。

譲れない想いの為には無駄だと分かっていてもやらなければならない時がある。自分がこれからしようとしていることが、結局は妹に知られていることだとしてもだ。

藤江はひとつの決意を抱き、莉江が囚われている牢へ向かった。

☆★☆

りぃさま――、りぃさま――。

(あぁ、呼んでいる。俺の白菊)

年を経ても色褪せることのない愛しい子の声が聞こえる。童女だった頃の白菊は本当に可愛らしくて、彼女と共にいると自分の中にあった穢れが浄化されていくみたいだった。

会うたびに愛おしさが募り、抱き上げるほどに離れがたくなった。隠れん坊が好きな白菊を廃れた寺院に連れ出しては遊び、秘密の場所で誰にも言えぬ愚痴を吐き出させた。

愛くるしい笑顔は莉汪への親愛の気持ちに溢れている。

ずっと傍に置いておきたい。共に在りたい。

生まれてこの方、願望というものを持ったことのない莉汪がはじめて持った欲。白菊の笑顔が自分だけに向けられるのであれば他は何もいらない。その為なら何を捧げてもかまわないし、何だってできた。

離れたくない。ずっと触れていたい。

白菊の笑い声はもちろん、泣き声も、存在すべてが愛おしかった。

全身全霊で莉汪を必要としてくれる白菊に、莉汪は初めて生の輝きを見出した。

山賊の子として育った莉汪だったが、自分の出生の理由もここに至るまでの経緯もすべて視て知っていた。だが、視たところで何もしなかった。自分を山へ捨てた朝廷へ復讐することも、母に名乗り出ることも億劫でしかなかったからだ。ありのままの時を受け入れる。〝時〟を渡れるからこそ、その流れに抗うことがどれほど無意味なことかも感じていた。

山賊という群れの中にいても、莉汪は誰とも馴染むことはなかった。兄弟同然に育ってきた浅葱にすら心を開くことはなかった。

感情を出さない莉汪を気味悪がる者もいた。青い目を持っていることが不気味さに拍車をかけているようだった。

そのせいか、莉汪はいつもひとりを好んだ。

気まぐれに訪れた屋敷で偶然出会った乳飲み子の白菊だけが、莉汪の心にするりと入り込んだ。

小さな手が莉汪の指を握りしめた時の、あの得も言われぬ感情は何だったのか。

あの瞬間、莉汪の核が震えた。

白菊を見て湧き上がってくる感情が愛と名のつくものだと気づいたのは、いつだったか。

自覚してしまえば、離れがたくなった。二度と会えなくなるのなら、身を引き裂かれた方がましだと思うほど、いつの間にか白菊は莉汪の奥深くに住んでいた。

目の前にあるものに物珍しそうに手を伸ばす白菊、あと少しが届かずぐずる姿に胸いっぱいの温かさを覚えた。白菊と共にいる時だけ人並みの感情を持つことができた。

だが、時視の力は莉汪を思わぬ運命へと誘った。

それは白昼夢と言うべきものだったのだろうか。戯れに女を抱いている時、とある光景が見えた。全体が生成り色をしているそれは、何かの儀式を映し出していた。

川べりに並べられていたたくさんの供物と、白装束を着た女がひとり。齢十五、六くらいだろうか。俯いているせいで顔がよく見えない。長い髪の女だった。

だが、莉汪には感じるものがあった。

白菊だ。

今、まさに水神の供物になろうとしている女が、自分の大事な白菊であると気づいた。

息を呑んだ直後、白昼夢は忽然と消えた。

不可思議な光景はその後も度々見えた。それは決まって女を抱いている最中に起こる。

莉汪はやがてそれが時視であることに気がついた。

これまで過去を視る力しかなかった莉汪は、それが予知だと気づけなかったのだ。だが、なぜはじめて視た予知が白菊の〝時〟なのか。

この時視が正しければ、白菊は十数年後に水神の供物となる。つまり、莉汪の運命とは交わることはないのだ。

そんなことがあってよいのか。

自分が見つけたのだ。白菊の成長を見守り、慈しんできた。あの笑顔も、差し伸べる手も、向ける相手は莉汪ひとりのみ。莉汪の心を占めるのが白菊なら、当然、白菊の心の中に在るのは自分だけで十分なはず。彼女の視界に映る人間も自分だけ。語り合うのも傍にあり続けるのも自分。全身全霊で愛し、手塩にかけた女をどうして神などに捧げなければならないのか。

だが、覚えた憤りはやがて焦燥へと様変わりしていった。

あれが白菊でなければいいと、何度思っただろう。

いっそ白菊を攫ってしまおうか。それこそ海を渡り、誰も自分達のことを知らぬ土地で二人きりで暮らせばいい。

この時を時視の巫女も視ているのだろうか。だとすれば、どこへ逃げても無駄な足掻きだ。

時視の力で視る時は外れることがないという。だからこそ、稀代の占者と謳われている。白菊の〝時〟を変えることは叶わないのか。そもそも、なぜ白菊は水神の供物になってしまうのか。

尽きぬ不安と答えのない自問ばかりが悪戯に莉汪を急き立てる。

視えるのは儀式を執り行う光景だけ。そこに至るまでの経緯を知りたいのに、莉汪にはまだ完全な力は備わっていないようだ。

なぜ、今になって白菊の未来だけが視えてしまうのか。

それはかつて、莉汪自身が望んだ願望だった。白菊の行く末を憂い、〝時〟を視る力を有しながらも彼女の未来を視られないことに焦った。

――だからなのか。だが、果たしてそれが吉と出るのかは、莉汪にも判断しかねている。

しかし、何にせよ莉汪の思いが変わることはない。

白菊を死なせたりするものか。

自分と白菊とを引き裂かんとするものはすべて排除してやる。

とある男が莉汪の前に現れたのは、ちょうどこの頃だった。

男は春祇国の貴族欄家から遣わされた男だった。朴と名乗った男は莉汪に山賊を抜け、欄家へ入るよう説いた。〝時〟を視る前なら白菊を連れ去り、海を渡っただろう。欄家の力に惹かれたのではない。春祇国へ渡ることは、莉汪が思い描いていた未来のひとつと重なったに過ぎないからだ。だが、〝時〟を視てしまった以上は、朴の申し出に二の足を踏まざるを得なかった。

果たして海を渡ったくらいで白菊の定めは変わるのだろうか。

朝廷が存在する限り、白菊の命は危険に晒され続けるとは思わないか。

その疑念を一掃できないうちはこの地を離れるわけにはいかない。

時視をしては変わらぬ〝時〟を憂い、母を恋しがる白菊を抱きしめる日々は、次第に莉汪の視野を狭めていった。莉汪の変化にいち早く気がついたのが先の頭領だった。

頭領は白菊の存在とその素性を知ると、我がものにせんと行動を起こした。白菊の屋敷に夜襲をかけたのだ。気まぐれにしか賊の商いに加わらない莉汪の行動を逆手に取った行動だった。莉汪は夢中で山を駆け下り、白菊のもとへ走った。怒声と破壊音と女の悲鳴が聞こえる中をかき分け莉汪が見たのは、衝立の下で蹲る白菊に手を伸ばさんとする頭領の姿だった。

自分の中でぷつりと何かの糸が切れる音を聞いた時には、頭領を背中から突き刺していた。

養父を手にかけたことへの罪悪感など欠片もなかった。ただ、こみ上げる憤りのまま、頭領を串刺しにし、今見た光景を打ち消さんとすることだけに没頭した。

白菊に触れていいのは自分だけなのに、他の男が手に入れることなど許されるはずがない。

（消えろ、消えろ、消えろ）

それればかりを念じ、肉の塊と化した死人を刺し続けた。育ててもらった恩も情も白菊に手を出そうとしたことへの免罪符にはならない。

莉汪が一から育てた大事なものに無断で触れようとするものはすべて不浄だ。あまつさえ手中に収め私利私欲の為に利用しようなど言語道断《ごんごどうだん》だった。

穴だらけになった死人から意識が逸れたのは、白菊の息を呑む音が聞こえたからだ。顔を上げ視線を遣れば、食い入るようにその大きな目を見開かせ莉汪を見ていた。

盗賊に攫われかけたことに対してか、それとも今の莉汪へ向けたものなのか。その表情にはありありと恐怖が浮き出ている。

あぁ、かわいそうに。

どちらにしろ、莉汪が目をかけている限り、賊の誰かに嗅ぎつけられ白菊はきっと同じ危険に晒されるのだ。

この出来事は莉汪にひとつの決断を強いた。

これまでのように白菊に触れられなくなる。可愛い声を聞くことも、莉汪だけのものだった笑顔も失ってしまう。けれど、身を切られるような苦痛を味わうことになろうとも、永遠に白菊を失うわけではない。今は彼女の前から姿を消すことが最善だと判断せざるを得なかった。

「約束だよ、困ったことがあったら桜の大木に髪を結わえて」

それが自分と白菊を繋ぐ懸け橋になるから。

頭領を殺したのち、莉汪はその場にいるすべての人間を一掃することで、頭領殺しの痕跡を消した。山に入ってきた討伐隊の首を都の門前に晒し、頭領の敵討ちであるかのように装った。そうして気がつけば、莉汪は浅葱を押しのけ頭領の座に納まっていた。浅葱が朝廷と通じるようになったのはこの頃だ。

莉汪は自らの髪を切り落とし、願いを込めて一本の縄を編んだ。

刻々と過ぎていく時の中、莉汪は白菊の成長を陰で見守り続けた。白菊はあの日を境に、莉汪のことを記憶から消していた。拠り所をなくした愛しい子は、孤独に震えひとり泣いていた。花は邪気を払う。泣きながら眠る愛しい子がせめて夢の中では幸福であるようにと願いを込めて彼女の枕元に花を置いた。

そして、莉汪は自分と同じ目で白菊を見つめる女の存在も見てきた。ひと目を忍んでは乳飲み子だった白菊に乳を飲ませ、理由をつけては世話を焼いていた。表面では厳しく接しているが、その胸の内に白菊への溢れる想いを秘めた女は、時折夜に紛れて我が子の寝顔を見に来ていた。


土を踏みしめる音に莉汪は目を開けた。

白菊が盛った痺れ薬の効果はまだ残っているものの、拷問中に浴びせられた大量の水のおかげでだいぶ和らいでいる。破れた着物から露出した肌には、幾筋ものみみず腫れが浮き出ていた。跪《ひざまず》き、腕を頭上で縛られた状態の莉汪は人の気配に顔を上げた。

「……お前か」

物陰から現れたのは、藤江。

白菊を攫いに行った日も屋敷にいたせいで、攫われた女だ。

手には何かを握りしめている。

藤江は強張った表情のまま言った。

「白菊を助けて、もうお前しかいないの」

切羽詰まった声に失笑が漏れた。

「巫女の子よ、お願い。私の娘を助けて。どうか不憫なあの子を死なせないで」

「――どうして俺にそれを告げる」

藤江は苦しげに眉を寄せた。

「お前だけが巫女の渡る時に抗える。同じ力を持つ者の〝時〟は巫女でも視ることは叶わないの。このままではあの子が供物にされてしまう」

「ほざけ。巫女の言いなりになってきたお前が言えたことか」

「私とて好きでそうしてきたわけではないっ、巫女は……妹はすべてを見通してしまう。凡人がどれだけ足掻こうとも神の力を得た巫女の前では無駄なことだった。ならば、従うふりをしながら機が熟すのを待つ以外何ができるというの!?　不遇であってもあの子が生きていてくれることが私の喜びだと思うしかなかった。けれど……っ」

言葉を詰まらせ、藤江は莉汪の牢の前に立った。

錠を持ち、握りしめていたものを差し込む。金属音がして、牢の鍵が開いた。

「お前を恨むわ、莉汪。どうしてもっと早く、あの子を連れ去ってくれなかったの」

怨み言を口にしながら、藤江は懐から取り出した短刀を莉汪の手を拘束していた縄にあてた。

「欄家の者が遣いにきたはずよ。なぜ、白菊を連れて早々に和国を出なかったの」

「あの女から聞いたか」

「時視とはそういうものよ」

「ならば、あの夜。俺が白菊の屋敷を襲撃することはお前も承知の上だったと。捕まったのは故意か。その身を凌辱した男の子でも、腹を痛めて産んだ子は可愛いと？」

「当然よ、母親ですもの。――お前を呼んだのは私よ。あの子は忘れているけれどお前が鬼の面を被った山賊を殺した夜、私もあの場にいた。大木に髪を結んだのはこの私。人柱にされる前に白菊を攫っていってほしかったの。先の大王は妹の手管で腑抜けになっていた。妹の望みに従い、大王は私を犯し続け、白菊を身籠もらせたわ。妹は知っていたのよ、私が天命を持つ子を産むことを。理由はどうであれ、それでも私にとって白菊は宝となった。お前が幼きあの子を外へ連れ出すたびに、どうか戻ってきませんようにと願っていたわ。お前も私の存在を知っていたからあの子を堂々と連れ出していたのでしょうに」

隠された存在であっても、半日も姿を消せば家人が気づかないはずがない。それを上手く取り成していたのが藤江だった。

白菊が欲しがっていた母の愛は、常にすぐ傍にあった。ただあの子に気づかれぬよう隠されていただけだ。

莉汪はその様子を十六年もの間見てきた。

母子とは不思議なもので、白菊が孤独を怖がる夜には必ず藤江が会いに来ていた。彼女の傍らで子守唄を唄っていた。莉汪が唄う唄は、藤江が唄い聞かせていたものを真似たもの。母を知らぬ莉汪に子守唄など唄えるはずがなかったのだ。

だが、莉汪はあえて藤江の存在を白菊に教えなかった。孤独が深いほど、白菊は莉汪を求めてくるからだ。藤江が母と名乗らないのなら、莉汪が白菊のすべてを貰いうけるだけのこと。

苦悶する藤江の母心を莉汪が慮る理由がどこにある。

莉汪達は互いの存在に気づきながらも、あえて見てみぬふりを続けてきた。

「あの女の望みは何だ。都への忠義に篤《あつ》い女ではないだろう」

先の大王の手に堕ちた巫女は、やがて従順になり大王に懐くようになった。そして、巫女は大王の子を望んだ。先の出産で子を産めぬ体になったと偽り、それでも大王と自分と血の繋がりがある子が欲しいと嘆き悲しむ巫女の姿にまんまと嵌められた大王はその姉である藤江に手をつけた。そうして生まれてきたのが白菊だ。大王はその子を巫女との子とし、そののち崩御した。が、すべて巫女が仕組んだ姦計《かんけい》だったのだ。

なぜ巫女はそこまでしてまで白菊を欲したのか。

「お前の時視の力はまだ全開ではないのね。いつ時視の力は開いた？」

「ごまかすな、問うているのは俺だ」

藤江は寂しそうに苦笑し、ぶつりと縄を切った。

「それに答えるには少し時が足りないわ。……はようあの子を救って。今ならまだ間に合うかもしれない」

「どういうことだ？　……お前、血の臭いがする」

近づいたことで感じた血の臭いを告げると、藤江が短刀をそのまま莉江の手に持たせた。雪のごとく冷たい手だ。薄闇に目を凝らせば、腹部には大きな染みができている。

「誰にやられた。その様子ではもうもたないよ」

「妹よ。ここへ来る途中で不意に突かれたの。私は用済みなのですって」

くすりと笑い、その場に膝をついた。咄嗟に抱き止めたのは、共に白菊を見守り続けた者同士だからだろうか。

「なぜ俺を助けた」

「ふふ……、そうね。強いて言うなら贖罪《しょくざい》かしら。お前は、妹が焦がれてやまぬあの方にとてもよく似ている……。私は昔も今も妹が不憫でならなかった。〝時〟を視ることしか許されなかったあの子に人としての幸せを味わわせてあげたいと願った。けれど、私がしたことはあの子を奈落へ落としただけだった」

「逃亡の手引きをした時のことか。そんなのは逆恨みだ」

「女心に疎いのね、莉汪。恋慕の前では親愛も歪んでしまうのよ。私は妹達の幸せを願う一方で二人の不幸をも願っていた。私ひとりの命でよければいくらでも差し出したのだけれど、……駄目ね。親になった途端、明日を望んでしまったわ。白菊の……あの子の成長を一日でも長く見ていたくて、妹の僕に成り下がるしかなかった」

「それが、母と名乗れぬ負い目か」

藤江は浅く頷いた。

「──愛している、と娘が言っていたわ」

莉汪はハッと息を呑んだ。藤江が侘びしげな笑みを浮かべた。

「遊んでくれて嬉しかったと、とても楽しかったとそう言っていた。けれど、あの子はお前が恋しいと泣きながら、天命を受け入れてしまったの。どうして時視の力には誰も逆らえないの？　どうやっても白菊は──ッ。妹は今や神の威を借りた魔物よ。己が望みの為なら、万人の犠牲もいとわない。──白菊を死なせたくなかった。その為なら妹と刺し違えても構わないと……」

ぎゅっとぼろきれになった莉汪の着物を握りしめ、懇願する。

「お願い……どうか、どうか白菊を助けて。はよう九竜川へ……、あの子を……どうか、しら……ぎ」

薄く涙を浮かべながら、藤江はそれきりになった。

我が子を思うあまり、最期まで〝時〟に抗おうとしたのだろう。しかし、相手は〝時〟を視る巫女。藤江の行動はすべて視えていたに違いない。

莉汪は藤江の亡骸を横たわらせ、託された短刀を握りしめた。

脳裏に浮かぶのは、もう何度も視たあの生成り色の光景。あれがいよいよ現実のものとなる。

(人柱になどさせない)

薄闇に青い目が殺意に燃えた。

ここから儀式が執り行われている川べりまでおよそ三里。

額から流れ落ちた血をぺろりと舐めると、莉汪はひとり牢を後にした。

八章　別離

ざぁざぁと雨が降りしきる。

白装束に着替えさせられたのち、白菊は儀式が執り行われる九竜川の川べりまで運ばれた。

体が重い。雨を吸った着衣の重みがずっしりと体にかかっていた。

轟々と唸りをあげる水音はずっと遠い場所から聞こえているようで、意識がぼんやりとしていた。

朗々《ろうろう》と呪いを読む声が流れている。

これがやめば、自分は土に降ろされる。

なぜ自分はこの定めを持って生まれてきたのだろう。

孤独に苛まれるたびに問いかけた疑問を最後にもう一度だけ自らに問うた。

望んだ答えはひとつだって浮かばない。けれども、白菊はもう何も知らぬままではなかった。

(藤江……)

瞼を閉じ、厳しかった母付きの女房の顔を思い浮かべる。

毒入りだと分かっているものを食べるのは、ひたすら苦痛だった。一口食べるたびに命を削っていくみたいだ。それでも、ひとつ半は食べた。これだけ食べておけば、中を割ったこともばれないだろう。

食べ終えてしばらくすると、徐々に体の先から冷たくなってくるのを感じた。ぴりぴりとした痛みを伴った痺れが血脈に乗って上がってくる。

体の自由が利かなくなる前に手紙と薬袋は守り袋の中に隠した。

燭台の灯りが燃え尽きる頃には、四肢はおろか口も、眼球すら動かせなくなっていた。

夜が明けると、やってきた数人の女達によって禊《みそぎ》をさせられ、白装束に着替えさせられた。守り袋は着ていた襦袢と共に女達が持ち去って行った。その後、儀式の衣装を纏った男に再び体を拘束され、板の上に乗せられると四人がかりで九竜川まで運ばれた。

ゆらゆらと揺られる様は、さながら囚人のようだった。

すれ違う者達は、誰もが合掌し長雨の終息を祈った。

白菊は朦朧《もうろう》としながら、地面を眺めていた。朗々と聞こえていた呪いがふつりとやむ。ややして、男達に両脇を持ち上げられた。

(いよいよ埋められる)

指先すら動かせない状況では抗うことも悲鳴をあげることもできない。

（だから、薬を盛るのね）

儀式の最中で怖じ気づき、逃げ出されては困るからだ。それとも、少しでも早く死の苦しみから解放してやりたいという情けのつもりなのか。

藤江は抗う力を残す為に解毒薬を白菊に渡したのだろう。けれど、それも徒労に終わりそうだ。埋められてしまえばもう白菊にはどうすることもできない。

穴に降ろされる最中、視界にもう母とは呼べぬ時視の巫女の姿が入った。雨に打たれながらも佇む姿は神々しい。表情のない美貌だが、きっとこの先で待ち構える〝時〟に胸を膨らませているに違いない。

やはり天命に従うしかないのだ。

一度は奮い立てた決意も、降りしきる長雨にすべて流れてしまったらしい。体の中には諦めの気持ちばかりが広がっている。

瞼に浮かぶのはあるはずのない未来。誰も知らない土地で莉汪と暮らす姿を思い描いた。

あぁ、この願いが現実になればどれほど幸せだったろう。

もっと自分が強ければよかったと思わずにはいられない。想いを残していくことがこれほど辛いことだなんて知らなかった。

白菊の天命なのに、抗い続けてきたのは莉汪だった。

何もしてこなかった愚かさに後悔が涙となって零れ落ちる。

自分はなんて弱かったのだろう。

(莉汪、莉汪)

白菊は前髪からのぞく灰色の空に、愛しい人を思い微笑んだ。

(莉汪、許して——)

☆★☆

莉汪は雨の中、馬を駆り九竜川へ向かっていた。

地上へ出ると、土砂降りの雨だった。莉汪を見咎め襲いかかってくる兵士達の一太刀を受け止めるには短刀では弱い。斬り捨てた兵から刀を奪い、彼等を迎え討った。怒声も悲鳴も、雨がすべて呑みこんでいく。飛び乗った馬を走らせ、白菊のもとへ急いだ。

(白菊。俺の愛しい子。待っておいで、もうすぐ迎えにいくよ)

『莉汪』

聞こえる。白菊が呼んでいる。

女を抱いてもいないのに、目の前にあの映像がちらついている。白菊が土に埋められる光景だ。

(早く、彼女を抱きしめてやらないと)

そこは寒いだろう、寂しいだろう。孤独が嫌いと泣いていた子をこれ以上ひとりにしてはおけない。

またひとり、人を斬った。血飛沫が莉汪の顔に真一文字を描く。莉汪が進む道の後ろには屍《しかばね》しかない。

「どけぇぇ――っ！」

儀式を警護する兵士達を薙《な》ぎ払い、中央から突破する。

討たれた馬から飛び降り、屍から刀を奪って二刀流で構える。その鬼神のような圧倒的な強さと殺気立つ青い目の気迫に兵達はたじろいだ。

相手は莉汪ひとり。多勢である兵達の方がはるかに有利な局面のはずだった。

しかし、彼等は莉汪に恐れを抱いた。

斬られてもなお刀を振り続ける莉汪に人ならざる者が醸す気配を感じたからだ。

近づけば殺される。

おのずと莉汪の歩く前から人が割れていく。朝廷の為に命を散らせるほど忠義に篤い者はもはやこの場にはいなかった。

「白菊を返せ」

儀式の最中、飛び込んできた矢科の鬼の姿に辺りは騒然となった。

参列していた豪族達は慄き、我先にと逃げ出そうとする。

「や、矢科の鬼だっ！　ひっ捕らえよ!!」

号令に、我に返った兵達が怒声を上げて斬りかかった。

群がる兵達の中ほどまでたどり着いた莉汪の目に、真新しく盛られた土の山が飛び込んできた。一歩遅かったのだ。

「白菊!!」

怒りで視界が血色に染まった。まさに今、時視が現実のものとなったことで、一瞬無防備になる。その刹那のことだった。

「――ッ!?」

体に受けた衝撃に足が止まる。

見下ろせば、わき腹から刀が突き出ていた。

「化け物め」

ゆるりと肩越しに振り返れば、にやついた顔の浅葱が立っていた。

勢いよく刀が引き抜かれ、鮮血がみるみる着衣を濡らした。思わず膝が地につく。

「この時を待っていたぜ、莉汪。ようやくお前を殺せる」

彼が手にしているのは、莉汪の刀。聞こえた呟きに、莉汪は目を眇めた。

その不快の表情が浅葱には苦痛に見えたのだろう。クッと嘲り笑った。

「どうだ、毒を塗り込んだ刀の味は？　お前の大事な小娘に盛った毒と同じものだ。仮にも同じ釜の飯を食って育ったお前に、俺からのせめてもの餞別《せんべつ》だ。ありがたく思え。どうした？　もう声も出ないか」

「……小賢しい。邪魔だ」

「何？」

「だからお前は小物なんだよ。馬鹿のひとつ覚えで薬の力に頼ることしかできない奴は、大人しく二番手に甘んじていろ」

状況は明らかに莉汪の劣勢。にもかかわらず、莉汪は平然と浅葱は雑魚《ざこ》だと嘯いた。手負いでありながらも漂わす悠然たる気配には薄ら寒さすらある。

莉汪の皮肉に、浅葱は額に青筋を立ててがなり立てた。

「ほざけ！　俺が二番手なのは、お前のせいだろうが！　親父を殺しておきながら舐めたこと言うなっ。賊の掟を忘れたわけじゃないだろう！　それともお前は恩を仇で返したのかっ!?」

「ならば、お前が頭になり、俺を殺せばよかっただろう。なぜ仲間の前で俺を糾弾しなかった。弱いくせにいきがるな。惨めだぞ」

「お……のれ！」

斬りかかってきた刃を莉汪は慣れた仕草で跳ね返す。直後、くらり…と目が回った。

それを見て、浅葱は引き攣った顔で哄笑した。

「惨めなのはどっちだ!?　偉そうな口を叩いたところで、今のお前に何ができる！　動けば動くほど毒は巡るぜ」

刀の先が莉汪の眉間に宛てがわれた。

「言え！　なぜ親父を殺した」

今や莉汪達の周りを朝廷兵が包囲している。構えた弓矢の矛先はすべて莉汪に向けられていた。

万事休す。

誰もが莉汪の死を確信した。が、次の瞬間。

半月状をした鈍色の閃光が雨を横に裂いた。直後、冷笑を浮かべていた浅葱の首がぐらりと傾ぎ、ごろんと地面に転がる。

一瞬の出来事に、兵達は皆茫然となった。

その僅かな間をつき地を蹴った莉汪が兵達を斬り倒していく。慌てて矢を引く者達の腕が何者かによって斬り落とされれば、その場は阿鼻叫喚の地獄と化した。

これまで、生きて矢科の鬼の姿を見たものはいない。そう謳われる所以《ゆえん》を莉汪は遺憾なく披露する。圧倒的な強さを目の当たりにした今、その身を犠牲にして莉汪に立ち向かおうとする者はいない。所詮は寄せ集めの烏合《うごう》の衆、誰もが悲鳴を上げて逃げ出していった。

しかし、それすら許さず狂鬼となった莉汪は目の前の命を狩っていく。

やがて、悲鳴は小さくなり、足音も聞こえなくなった。

血で真っ赤に染まった大地には屍の山ができている。その真ん中に莉汪が立っていた。

つま先にあたった、頭のない胴体。兄弟として育った男の亡骸に莉汪は一瞥すらしない。

全身は返り血と自らの血が混じり合い、血塗れだった。だが、それも雨が洗い流していく。

『莉汪……』

また白菊が莉汪を呼んだ。

あの冷たい土の中に愛しい子がいるのかと思うと、たまらない。

(待っておいで、今出してあげるからね)

莉汪は重くなった体を引きずるようにして歩く。少し血を流し過ぎた。

ぼんやりと霞み始めた視界で、白菊が埋められた場所だけを見る。そこには、時視の巫女が佇んでいた。はじめて見る母の姿は、自分を産んだとは思えぬほど若々しいものだった。

だが今、母に抱く感情は何もなかった。会えた喜びも、捨てられたことへの憎悪もない。改めて自分の心は白菊にだけ揺らめくのだと痛感する。

満身創痍で近づく莉汪を時視の巫女は感涙しながら迎え入れた。

「ようやく逢えた……」

巫女が血で汚れた莉汪の顔に手を添えた。その細い手には白菊を縛っていた毛網が括られていた。

「わらわの愛しい子よ。この日をどれほど待ちわびたことか」

輪郭を確かめるように何度も頬を撫で、目、鼻梁、口元にも触れる。

「あの方によう似ておる。出会った頃に戻ったようじゃ」

声を震わせ、莉汪に抱きついた。

「もう何の心配もない、この母がついておる。わらわと共に春祇国へ渡ろう」

多くの返り血でその身が汚れようと巫女に躊躇いは感じられない。莉汪はゆるりと母を見下ろした。

「――それがあなたの望み？」

抑揚のない莉汪の声に、ぱっと顔を上げた巫女は嬉しそうに笑う。あどけない笑顔は少女のようだ。

「声までもあの方によう似て……。その為の駒はすべて揃うておる。お前のもとには欄家からの使者がいるはずだ。その者がわらわ達をあの方のもとへ導いてくれる」

莉汪の後ろにはやはり返り血を浴びた朴が控えていた。巫女はますます浮かべる笑みを華やかにした。

「なぜ、俺がここに来ると？　それまでに打ち首にされるとは考えなかったのか」

「お前がここにたどり着くことはとうの昔に視えていた。我が子が邪魔者を排除しわらわのもとへ戻ってくる。すべて時視の通りだ。……長かった、この日の為に今日まで生きた。これでもう、わらわ達を和国に留めるしがらみはない」

充足めいた溜め息を零した巫女を、莉汪は冷めた目で見ていた。

（そういうことだったのか）

なぜ母はこの局面を再会の場に選んだのか。朝廷の兵士達は儀式の警護にあたると同時に、時視の巫女の警護も兼ねている。しかし、彼等はたった今、莉汪が一掃した。邪魔な豪族達は我先にと逃げた。莉汪の心を捉えていた白菊も人柱となった。己を押し殺してまで仕えていた藤江すら捨て駒にして、文字通り、巫女は自由を得た。この場で巫女が姿を消しても朝廷は矢科の鬼に喰われたか、濁流に流されたと判断するだろう。

それこそが巫女の狙いだったのだ。

今度こそ何の障害もなく、愛する男のもとへ行くこと。それが巫女の願いだった。

あまりにも身勝手な願望のせいで、どれだけ白菊が傷ついたことか。おのずと失笑が零れ出た。

「同じ力を持つ者の〝時〟は視られないはずではないのか？」

「だからじゃ。あの方を失い、卑しい男に手篭めにされながら都の行く末を視た時、靄がかったものがあった。わらわに視えぬ〝時〟があるのなら、莉汪が関わっていると確信した」

「その為に藤江に白菊を産ませ、傍に置いたと？」

「当然だ。あれが居らねば始まらぬ。わらわの大事な駒じゃ。駒をどう使おうとわらわの勝手」

すべては定めによって決められていたことだと、巫女は言う。

天命を持っていたが為に、その人生を翻弄された憐れな子。しかし、それがなければ莉汪が白菊と出会うこともなかった。

（あの蜘蛛のようだ）

莉汪は巫女に断崖絶壁の建物で見ていた女郎蜘蛛の姿を重ねた。

ならば、囚われていたあの蝶こそ、白菊。

蜘蛛の糸のように綿密に練られた〝時〟の中で、悶え続けた蝶。抗うことを忘れるほど、巫女の言葉の持つ呪縛に捕らえられてしまった。

うっとりと莉汪の胸に頭を預けた巫女は、我が子との再会に陶酔している。

不憫な蝶の一生など、巫女にとっては些末なことなのだろう。

だが、母の存在こそ莉汪にとってはどうでもいいもの。白菊のように母に愛されたいと願ったこともない。莉汪が欲する愛は、白菊から与えられるものだけだ。

だから、蝶を救う為に莉汪は蜘蛛を殺す。

「ひとりでお逝きなさい、母上」

「……何？」

胡乱な気配に巫女が顔を上げた刹那。華奢な体を莉汪の持つ刀が貫いた。

「な……!?　り……おう？」

莉汪はゆっくりと刀を横に引く。

「なぜ……じゃ」

「なぜ？」

莉汪は艶麗に笑い、言った。

「白菊を愛しているから。——他はいらないんだ」

刀を引き抜いたと同時に、血が溢れ出る。巫女は莉汪の衣を握りしめ縋った。莉汪は素気無くその手を払う。ふらつく足元でゆらり、ゆらりとそぞろに歩いた巫女は、そのまま九竜川に落ちた。

轟々と唸りを上げる濁流は瞬く間にその姿を呑み込み押し流していく。

雨が延々と降り続く。遠くからは轟音が聞こえてくる。ここも、そろそろ限界だ。

くらりと目が回り、刀を杖に体を支えた。

「莉汪様！」

朴が莉汪を支える。

「……いい、退け」

その手を払い、莉汪は真新しく盛られた土の前に立った。

「白菊」

愛しい名を呼ぶ。それだけで体が癒やされていく錯覚を覚えた。

人柱にはさせないと約束をした。必ず幸せにすると誓った。

(今、出してあげるからね)

おもむろに刀を振り上げ、土に突き立てた。水を含んだ土は泥となって莉汪の邪魔をする。一太刀、振り下ろすごとに莉汪の体から新たな血が滲み出る。やがて刀を捨て、その場に跪くと両手で土を掘り起こし出した。

「白菊、出ておいで。白菊」

『莉汪…』

白菊の呼ぶ声が聞こえる。

うん、ここにいるよ。隠れん坊はもうお終いだ。いい子だから、出ておいで。

「莉汪様、止血を」

朴の制止を無視して、ひたすら土を掘る。

「莉汪様、やめなさい。もう生きてはいない。毒を盛られたなら、死んでいる」

「もうすぐだ。……ね、白菊」

寒いだろうに、暗いだろうに。俺が温めてあげる。そこは窮屈だろう？

水かさはいよいよ莉汪達がいる場所にまで迫ってきた。

「莉汪、ここは危ない。逃げるんだ！」

思い余った朴が莉汪の肩を摑む。すると、その手は莉汪によってあらぬ方向へ曲げられた。

「ぐあぁぁっ!!」

朴の絶叫をものともせず、莉汪はまた土を掘り始めた。

『莉汪……』

「白菊、俺の愛しい子。大丈夫、待っておいで。桃源郷を見つけに行こう」

いつか共に行こうと約束した桃源郷で暮らそう。お前がいれば他には何もいらないんだ。

白菊、白菊。

「あ……ぐ、うぅ……。莉……汪？」

ようやく朴は莉汪の異変に気づいた。

一心不乱に土を掘り続けるその目は朦朧とし、土に埋まった白菊と会話するように延々とうわ言を呟き続けている。その横顔は蒼白で、とても生者の顔には見えなかった。意識が混濁しているのだ。傷を負いながらもあれほどの乱闘を演じた後だ。いくら常人と違う肉体を持つとはいえ、それは不死身を意味する言葉ではない。血を流せば命も削られる。

莉汪の体は限界にきている。だが、痛覚の鈍い莉汪はそのことが分からないでいるのだ。

今の状態では運よく山から下りられても、無事海を渡り春袛国までもつとは限らない。狂った鬼神など自国へ連れ帰ったところでどうなる。欄家の後継に据えることなど決してできない。

朴が出した決断は見限ること。

舌打ちを残し、朴は痛む腕を押さえその場を去った。

ひとりになった莉汪は延々と土を掘っていた。やがて指先が板にぶつかる。

『莉汪……』

ふわりと微笑を浮かべた莉汪に、濁流が迫っていた。

終章

悪夢が過ぎれば、朝は来る。

長雨がやみ、頭上には晴天が広がっていた。

澄み切った空は眩しいほど青い。

照り付ける太陽を受けて、水面はキラキラと輝いていた。

朝廷の威信をかけて臨んだ儀式は矢科の鬼によって阻まれた。燻っていた小競り合いはやがて内紛となり、これに乗じた豪族達が反乱の狼煙を上げたのを機に、都は動乱《どうらん》の舞台と化した。

そして今、戦地となった都を逃れる難民で港はごったがえしていた。

多くの者が新たな土地を求めて船の出航を待っている。その中には春祇国へ渡る船も停泊していた。

朴はその光景を甲板の上から眺めていた。

時視の巫女が視た〝時〟はこれで外れたことになったのだろうか。

濁流は白菊が埋められた場所をも呑み込み、跡形もなく抉っていった。押し流された土砂は都を半壊させた。天災が呼び水となり、騒乱を招いた。和国がこの後どのような道を模索し進むのか。それを見届けるのは朴の役目ではない。

莉汪の手で殺された兵士達の亡骸は泥の中から見つかった。しかし、どれだけ捜し歩いても莉汪を見つけることはできなかった。せめて肉体の一部でも発見できれば、未練を打ち払えるというのに。

一縷《いちる》の望みを託し、断崖の家屋を訪ねてみたが、そこは討伐隊に踏み荒らされ放置されていた。

建物の外から白菊を監視していた時、彼女がよく見上げていた蜘蛛の巣も主を失い、巣だけが侘びしく風に吹かれていた。

（やはり死んだのか）

あの激流だ。土砂の下に埋もれてしまえばまず生きてはいまい。それでなくとも、莉汪は深手を負っていた。あれで生きている方が奇跡というもの。

これで時視の力は潰えた。が、同時に欄家も貴重な人材を失った。この国同様、春祇国はさらに動乱の道へと進むだろう。

莉汪の存在が春祇国を再建する希望の鍵だったのだ。

代々、欄家男子には稀に鬼神と呼ばれる者が現れる。生まれ持った強靭《きょうじん》な肉体と驚異的な生命力、そして戦に出れば天才的な采配をし、それまでどれほど劣勢でも必ず勝利をもぎ取ってくるほどの力を持っていた。鬼神の力を持つ者は必ず青い目をしているという。

　春祇国は次なる王の選定で内乱状態だった。先帝の長兄を王に推す一派と、先帝の弟こそ王だと宣言する一派との争いは血で血を洗う泥沼の様相を呈していた。

　欄家に仕える家に生まれた朴は、欄家当主より和国の情勢を探るよう命ぜられ海を渡った。だが、それは表向きの理由で、真の目的は時視の巫女の近辺を探る為だった。この状況を打破する圧倒的な力を求めた当主は時視の巫女との関係に一縷の望みをかけた。

　朴はこの地で莉汪の存在を知り、彼の行方を追った。そうして、莉汪が山賊となっていることを知ると、自らもそこに身を潜ませた。もし、欄家の血を引いているのなら当主に報告しなければならない。当主は時視の巫女に自分の子が宿っている可能性を感じていた。そして、勘は当たり、莉汪は鬼神の肉体を持って生まれてきていた。当主は莉汪を是が非でも欄家に迎え入れようと働きかける。

　莉汪が朴の素性を知ったのは、朴が接近したわけではなく、莉汪が朴の行動を怪しんだことがきっかけだった。彼ははじめ、朴をどこかの内通者だと怪しんでいた。莉汪は武術に覚えのある朴の間合いに難なく入り込み、命と引き換えにすべてを白状させた。欄家へ入れば山賊とは比べ物にならないほどの財と力が手に入る。野心を抱く者ならばこれほど魅力的な話はないはずだ。朴は莉汪に欄家にくるよう説得したが、彼はまったく興味を抱かなかった。

その二年後、先代の頭領が夜襲の最中、命を落とした。跡を継いだのは、息子の浅葱ではなく莉汪だった。莉汪はそのすぐ後密かに朴を呼び出し、驚くことに欄家へ戻ってもいいと言ってきた。ただし、その為の条件を朴に提示した。それは莉汪の忠実な部下となることだった。

（彼さえ生きてくれていれば）

一度は見限ったものの、そんな思いが朴をやりきれなくさせていた。

出航の時がきたようだ。さらに慌ただしくなった波止場《はとば》から背を向けかけた時だった。

首筋に何者かの視線を感じた。ハッと振り返り、波止場を見渡す。相変わらず人に溢れているそこに見知った顔は見つけられなかった。大きな荷物を抱えた者、子の手を引く者、杖をつき行く者。それを助ける者。誰もが外套の頭巾を目深に被り顔を隠し歩いていく。

（——まさか、な）

よぎった可能性を一笑に付し、朴は帰路についた。

☆★☆

「本当によかったの」

「あぁ、これでいいんだ」

春祇国行きの船舶を見送りながら、莉汪は白菊にそう答えた。

海を渡れば新たな道が用意されていた。欄家へ入り、春祇国内の抗争を終結へと向かわせる。いずれは欄家の当主となり、王家の繁栄を支えていくことになるだろう。

それは、一度は莉汪が選んだ〝時〟。だが、それももう朴が描いた絵空事となった。

莉汪の願いはずっと前からひとつきりだ。

白菊と共に生きること。それだけなのだ。

この世から時視の巫女の存在は潰えた。やがて誰の記憶からも忘れられていくだろう。

しかし、それは終焉ではなかった。

巫女が死に、その力は完全に莉汪へと移行された。そうして莉汪はすべてを知ることになる。

〝時〟は巡る。違えた〝時〟はいずれまた違う形として戻ってくる。

いつの日かまた白菊の命が何者かによって脅かされる日がくるのだ。

けれど、その時、莉汪達はこの地にいない。

莉汪は傍らに立つ存在に目を向けた。

「何、どうかしたの？」

視線を受けて、白菊が柔らかい笑みを浮かべた。

(愛らしい俺の白菊)

巫女の呪縛から解かれ、未来への期待に輝くこの光を二度と消してはならない。

彼女を守る為なら、莉汪は喜んで万人の命を神への供物とする。

和国の行く末など、端からどうでもいいのだ。

大切なのは白菊だけ。

莉汪にとって継承した時視の力も白菊を守る手段のひとつに過ぎない。再び白菊の存在が和国存続のため必要になろうとも、力を使い逃げおおせてみせる。二度と誰も自分達を見つけ出すことなどできやしない。

念願叶って手に入れたのだ。今度こそ幸せにする。二人だけの桃源郷で永遠の幸福に溺れたい。

(また離れ離れになるくらいなら、その時こそ君を喰らってあげる)

白菊のすべてをこの身に収めることができる幸福に満ち足りた気持ちになりながら、その血肉を啜り、骨までしゃぶりつくすだろう。きっと白菊も笑ってそれを望んでくれるに違いない。

あぁ、自分達の前に拓かれた道はなんと甘美な未来なんだ。

白菊に必要とされるのは、未来永劫自分ひとりだけになるのだ。

この時をどれほど待ち望んでいたか。

「行こうか」

潮風が外套《がいとう》を揺らした。莉汪の手はしっかりと白菊の手を握りしめている。

「うん、大丈夫？　無理はしないで」

莉汪の歪んだ願望も知らず、まだ杖がなくては歩けない莉汪を気遣い、白菊が微笑んだ。

あとがき

こんにちは。宇奈月香《うなづきこう》です。

この度は『狂鬼《きょうき》の愛《いと》し子』をお手に取っていただきありがとうございました。

おかげさまでソーニャ文庫様より四作目を出版させていただくことができました。これもひとえに私の作品を読んでくださった皆様のおかげです。

約一年ぶりの作品となりましたが、いかがだったでしょうか？　今回はとても長い間執筆するお時間をいただくことができ、「ああでもない」「いや、こうじゃない」と悩みながら作品と向き合ってきました。主人公である白菊の気持ちが最後まで見えてこなくて、いったい彼女が何を望んでいるのか。どうしたいのか、自分ならどう思うのかと、そのことにずっと悩んで書いていた気がします。今回は私自身が母となったこともあり、これまでとは違う視点からも物語を見ることができました。藤江の告白にある「明日を望んでしまった」という言葉は、この先も健康なまま子供の成長を見守っていきたいという私の気持ちが表れたものです。

今回、イラストを担当してくださいましたサマミヤアカザ先生。カバーイラストの匂い立つような色気！　素晴らしいです。キャラクターデザインをいただいた時、ようやく白菊と莉汪に魂が宿ったと思いました。それまではぼんやりとしかなかった二人が先生の描いてくださったイラストのおかげで、私の中で生き生きと動き出した感覚を覚えています。それからの作業がはかどること、はかどること。白菊の愛らしさにきゅんきゅんしました。莉汪の色気にどれだけあてられたか。担当者様と「変態のくせに（笑）」「鬼畜のくせに（笑）」「カッコいい！」ときゃあきゃあはしゃいでました。どの挿絵の莉汪もカッコいいんですもの、叫びたくもなります！　本当にありがとうございました。

また、この作品に携わってくださいました担当者様をはじめとする皆様にこの場をお借りして心からお礼申し上げます。

ありがとうございました。

宇奈月香

この本を読んでのご意見・ご感想をお待ちしております。

◆ あて先 ◆

〒101-0051

東京都千代田区神田神保町2-4-7 久月神田ビル7階

㈱イースト・プレス　ソーニャ文庫編集部

宇奈月香先生／サマミヤアカザ先生

狂鬼《きょうき》の愛《いと》し子《ご》

2015年8月8日　第1刷発行

著　者　宇奈月香《うなづきこう》

イラスト　サマミヤアカザ

装　丁　imagejack.inc

DTP　松井和彌

編　集　安本千恵子

発行人　堅田浩二

発行所　株式会社イースト・プレス

〒101-0051

東京都千代田区神田神保町2-4-7 久月神田ビル8階

TEL 03-5213-4700　　FAX 03-5213-4701

印刷所　中央精版印刷株式会社

ISBN 978-4-7816-9558-7

定価はカバーに表示してあります。